Las ocho montañas

Las ocho montañas

PAOLO COGNETTI

Traducción de
César Palma

LITERATURA RANDOM HOUSE

Papel certificado por el Forest Stewardship Council®

MIXTO
Papel procedente de
fuentes responsables
FSC® C117695

Título original: *Le otto montagne*
Primera edición: marzo de 2018

©2016, Giulio Einaudi editore, s.p.a., Torino. Publicado por acuerdo especial con The Ella Sher Literary
Agency, www.ellasher.com, trabajando en conjunto con MalaTesta Lit Ag.
© 2018, Penguin Random House Grupo Editorial, S.A.U.
Travessera de Gràcia, 47-49. 08021 Barcelona
© 2018, César Palma, por la traducción

Printed in Spain – Impreso en España

ISBN: 978-84-397-3412-3
Depósito legal: B-244-2018

Compuesto en La Nueva Edimac, S. L.
Impreso en Cayfosa (Barcelona)

RH 3 4 1 2 3

Penguin
Random House
Grupo Editorial

Fontane, 2014-2016

*Esta historia es para el amigo que la ha inspirado,
guiándome donde no hay sendero.
Es por la Fe y la Suerte que desde el principio
la han asistido, con todo mi amor.*

ÍNDICE

¡Adiós, adiós! ¡Pero esto te
digo, invitado a la boda!
Reza bien quien ama bien,
a todos, hombre, ave y animal.

S. T. COLERIDGE,
«Balada del viejo marinero»

Mi padre tenía una manera propia de ir a la montaña. Poco proclive a la meditación, pura testarudez y arrogancia. Subía sin dosificar las fuerzas, compitiendo siempre con alguien o con algo y, allí donde el sendero le parecía largo, cortaba camino por la línea de más pendiente. Con él estaba prohibido parar, quejarse por el hambre, por el cansancio o por el frío, pero se podía cantar una bonita canción, sobre todo bajo un temporal o en la nieve espesa. Y lanzar alaridos dejándose caer por la nieve.

Mi madre, que lo había conocido de joven, contaba que entonces tampoco esperaba a nadie, pues todo su empeño era seguir a quien viese más arriba: así que había que tener piernas fuertes para granjearse su simpatía, y entonces riendo era como daba a entender que lo habías conquistado. Más tarde, ella, en las rutas, empezó a preferir sentarse en los prados, meter los pies en un torrente o identificar los nombres de las hierbas y de las flores. También en los picos lo que más le gustaba era observar las cumbres lejanas, pensar en las de su juventud, recordar la vez que estuvo en ellas y con quién, mientras que a mi padre en ese momento lo invadía una especie de decepción y solo quería regresar a casa.

Creo que eran reacciones opuestas a la misma nostalgia. Mis padres habían emigrado a la ciudad más o menos cuando tenían treinta años, abandonando el Véneto campesino donde mi madre había nacido y mi padre crecido como huérfano de guerra. Sus primeras montañas, el primer amor, fueron las Dolomitas. A veces las nombraban en sus conversaciones, cuando yo aún era demasiado pequeño para entender lo que decían, pero oía que algunas palabras brotaban como sonidos más vibrantes, con más significado. El Catinaccio, el Sassolungo, las Tofane, la Marmolada. Bastaba que mi padre pronunciase uno de esos nombres para que a mi madre le brillasen los ojos.

Eran los lugares donde se habían enamorado, poco después lo supe: un cura los había llevado cuando eran niños y ese mismo cura fue el que los casó, a los pies de las Tres Cimas de Lavaredo, delante de la capilla que hay allí, una mañana de otoño. Aquella boda en la montaña era el mito fundador de nuestra familia. Obstaculizada por los padres de mi madre por motivos que no conocía, celebrada con cuatro amigos, con anoraks como trajes de boda y una cama en el refugio Auronzo para su primera noche como marido y mujer. La nieve ya brillaba en los resaltes de la Cima Grande. Era un sábado de octubre de 1972, el final de la temporada alpinística de aquel año y de muchos más: al día siguiente metieron en el coche las botas de cuero, los pantalones bombachos, el embarazo de ella y el contrato de trabajo de él, y se fueron a Milán.

La calma no era una virtud que mi padre tuviese muy en cuenta, pero en la ciudad iba a valerle más que el aliento. Milán tenía su paisaje: en los años setenta vivíamos en un edificio que daba a una amplia avenida con mucho tráfico, bajo cuyo asfalto, decían, corría el río Olona. Bien es cierto que en los días lluviosos la calle se inundaba —y yo me imaginaba el río rugiendo abajo en la oscuridad, hinchándose hasta rebosar de las alcantarillas–, pero era el otro río, el formado por los coches, las furgonetas, los ciclomotores, los camiones, los autobuses, las ambulancias, el que siempre se desbordaba. Estábamos en lo alto, en la séptima planta: las dos filas de edificios gemelos que bordeaban la calle amplificaban el estruendo. Algunas noches mi padre no aguantaba más, se levantaba de la cama, abría la ventana de par en par como si quisiese insultar a la ciudad, forzarla al silencio, o arrojarle pez hirviendo; permanecía allí un minuto, mirando hacia abajo, luego se ponía la chaqueta y salía a caminar.

Desde aquellos cristales veíamos mucho cielo. Blanco uniforme, indiferente a las estaciones, surcado solo por el vuelo de los pájaros. Mi madre se empeñaba en cultivar flores en un balconcito ennegrecido por el humo y enmohecido por lluvias seculares. En la terraza cuidaba sus plantitas y mientras tanto me hablaba de los viñedos de agosto, en la campiña donde se había criado, o de las hojas de tabaco que colgaban de las varas en los secaderos, o de los espárragos que a fin de que se conservaran tiernos y blancos había que recoger antes de que despuntaran; para ello había que tener un talento especial y verlos cuando aún estaban bajo tierra.

Ahora ese ojo le resultaba útil de una manera completamente distinta. En el Véneto había trabajado como enfermera, pero en Milán consiguió una plaza de asistente sanitaria en el popular barrio de los Olmos, ubicado en el extrarradio oeste de la ciudad. Era una especialidad de nueva creación, al igual que el consultorio familiar donde realizaba sus tareas, con la idea de ayudar a las mujeres durante el embarazo y luego seguir al recién nacido hasta que tuviera un año de vida: era el trabajo de mi madre, y le gustaba. Solo que, donde la habían mandado a hacerlo, más parecía una misión. En aquella zona había muy pocos olmos: toda la toponimia del barrio, con sus calles de los Alisos, de los Abetos, de los Alerces, de los Abedules, sonaba burlona entre las torres de doce plantas, infestadas de males de todo tipo. Una de las tareas de mi madre consistía en ir a controlar el ambiente donde se criaba el niño, visitas que luego la dejaban afectada durante días. En los casos más graves tenía que presentar denuncia ante el tribunal de menores. Para ella era duro llegar hasta ese extremo, como duros eran los insultos y amenazas que recibía; sin embargo, no dudaba de que era la decisión justa. No era la única que lo creía: las asistentes sociales, las educadoras, las maestras estaban unidas por un profundo espíritu corporativo, por un sentido de responsabilidad femenino y colectivo con aquellos niños.

En cambio, mi padre siempre había sido un solitario. Era químico en una fábrica de diez mil obreros, permanentemente convulsionada por huelgas y despidos, de la que, por cualquier cosa que hubiera pasado, siempre volvía de noche rabioso a casa. En la cena atendía el informativo en silencio, empuñando los cubiertos en el aire, como si esperase que en cualquier momento estallase otra guerra mundial, e imprecaba para sus adentros cuando escuchaba la noticia de un asesinato, de una crisis de gobierno, del aumento de los precios del petróleo, de las bombas que colocaban sin que nadie reivindicara el atentado. Con los pocos colegas que invitaba a casa hablaba casi exclusivamente de política, y siempre acababa discutiendo. Era anticomunista con los comunistas, radical con los católicos, librepensador con todo aquel que pretendiese encuadrarlo en una creencia, en una sigla de partido; pero aquellos no eran tiempos para pretender sustraerse a los reclutamientos, y poco después sus colegas dejaron de venir a casa. Él, en cambio, siguió yendo a la fábrica como si tuviera que meterse en una trinchera cada mañana. Y siguió desvelándose, tomándose las cosas demasiado a pecho, usando tapones para las oídos, abusando de pastillas para la jaqueca y estallando en violentos ataques de ira: entonces entraba en acción mi madre, que entre los deberes de pareja se había impuesto el de amansarlo, el de mitigar los golpes en la pugna entre mi padre y el mundo.

En casa seguían hablando en dialecto veneciano. A mis oídos era un lenguaje secreto entre ellos dos, eco de una vida anterior y misteriosa. Un residuo del pasado, al igual que las tres fotografías que mi madre había puesto sobre la mesilla de la entrada. Muchas veces me paraba a observarlas: la primera era un retrato de sus padres en Venecia, durante el único viaje que habían hecho en su vida, regalo del abuelo a la abuela por las bodas de plata. En la segunda, la familia en pleno posaba en la temporada de la vendimia: los abuelos sentados en el centro del grupo, tres chicas y un chico de pie rodeándolos, los cestos de uva en la era de la alquería. En la tercera, el único hijo varón, mi tío, sonreía con mi padre, al lado de una cruz de la cumbre, con una cuerda enrollada al hombro, vestido de alpinista. Había muerto joven y por eso me llamaba como él, aunque yo era Pietro y él Piero en nuestro léxico familiar. No conocía, sin embargo, a ninguno de ellos. Nunca me llevaron a verlos, ni ellos venían de visita a Milán. Algunas veces al año mi madre cogía un tren el sábado por la mañana y volvía el domingo por la noche un poco más triste que cuando se había ido, luego se le pasaba la tristeza y la vida seguía. Había demasiadas cosas que hacer y personas de las que ocuparse como para albergar melancolía.

Pero ese pasado resurgía cuando menos te lo esperabas. En el coche, en la larga ruta que debía llevarme al colegio, a mi madre al consultorio y a mi padre a la fábrica, algunas mañanas ella entonaba una vieja canción. Empezaba la primera estrofa en medio del tráfico y poco después él la seguía. Estaban ambientadas en la montaña durante la Gran Guerra: «El tren militar», «La Valsugana», «El testamento del capitán». Historias que yo ya también me sabía de memoria: veintisiete habían partido para el frente y solo cinco habían vuelto a casa. En el río Piave quedaba una cruz para una madre que antes o después iría a buscar. Una novia lejana esperaba y suspiraba, hasta que se cansaba de esperar y se casaba con otro; el que moría le dedicaba un beso y pedía para él una flor. En esas canciones había palabras en dialecto; comprendía, así, que mis padres se las habían llevado con ellos de su vida previa, pero también intuía algo distinto y más extraño, esto es, que las canciones, a saber cómo, hablaban de ellos dos. De ellos dos en persona, quiero decir, de lo contrario no se explicaba la conmoción que sus voces delataban tan claramente.

Y, en algunos raros días de viento, en otoño o en primavera, al fondo de las avenidas de Milán, aparecían las montañas. Ocurría después de una curva, sobre un paso elevado, de repente, y los ojos de mis padres, sin necesidad de que uno se lo señalase al otro, corrían enseguida hacia allí. Las cumbres estaban blancas, el cielo inusualmente azul, una sensación de milagro. Abajo estaban las fábricas alborotadas, las casas populares atestadas, los enfrentamientos en las plazas, los niños maltratados, las madres solteras; arriba, la nieve. Entonces mi madre preguntaba qué montañas eran, y mi padre miraba alrededor como orientando la brújula en la geografía urbana. ¿Qué es esto, la avenida Monza, la avenida Zara? Pues es la Grigna, decía, tras reflexionar un poco. Sí, creo que es ella. Yo recordaba bien la historia: la Grigna era una guerrera preciosa y cruel, hacía matar a flechazos a los caballeros que subían a declararle su amor, por eso Dios la había castigado transformándola en montaña. Y ahora estaba allí, en el parabrisas, dejándose admirar por nosotros tres, cada uno con un pensamiento distinto y mudo. Luego el semáforo se ponía en verde, un peatón cruzaba corriendo, detrás alguien tocaba el claxon, mi padre lo mandaba a tomar viento, furioso metía primera, aceleraba y dejábamos atrás aquel momento de gracia.

Llegó el final de los años setenta, y mientras Milán estaba amotinado, ellos dos volvieron a ponerse sus botas de montaña. No se encaminaron hacia el este, de donde habían llegado, sino hacia el oeste, como prosiguiendo su huida: hacia la Ossola, la Valsesia, el valle de Aosta, montañas más altas y severas. Mi madre me contaría más tarde que, la primera vez, la invadió una inesperada sensación de opresión. En comparación con los suaves perfiles del Véneto y del Trentino, aquellos valles occidentales le parecían angostos, oscuros, cerrados como gargantas; las rocas eran húmedas y negras, por todas partes bajaban torrentes y cascadas. Cuánta agua, pensó. Debe de llover muchísimo aquí. No se daba cuenta de que toda aquella agua nacía de un manantial excepcional, ni que ella y mi padre estaban yendo justo hacia allí. Ascendieron por el valle hasta que de nuevo salieron al sol: arriba, el paisaje se abrió y de repente, ante sus ojos, tenían el Monte Rosa.

Un mundo ártico, un eterno invierno que se cernía sobre los pastos estivales. Mi madre se espantó. En cambio, mi padre decía que fue como descubrir otro orden de grandeza, como llegar de las montañas de los hombres y encontrarse en las de los gigantes. Y, naturalmente, se enamoró a primera vista.

No conozco el lugar exacto de aquel día. A saber si era Macugnaga, Alagna, Gressoney, Ayas. Entonces íbamos cada año, siguiendo el inquieto nomadismo de mi padre, centrado en la montaña que lo había conquistado. Más que los valles, recuerdo las casas, si así pueden llamarse: alquilábamos un bungalow en un camping o una habitación en cualquier pensión de pueblo, y nos quedábamos dos semanas. Nunca había suficiente espacio para hacer acogedores aquellos lugares, ni tiempo para encariñarse con nada, pero eso no le preocupaba a mi padre ni tampoco se daba cuenta. En cuanto llegábamos se cambiaba de ropa: sacaba de la maleta la camisa a cuadros, los pantalones de pana, el jersey de lana; de nuevo con su viejo atuendo, se convertía en otro hombre. Pasaba esas breves vacaciones recorriendo los senderos, saliendo a primera hora de la mañana y volviendo de noche o al día siguiente, cubierto de polvo, quemado por el sol, cansado y feliz. En la cena nos hablaba de gamuzas y cabras monteses, de noches en un refugio, de cielos estrellados, de la nieve que en las cumbres caía incluso en agosto, y cuando estaba realmente contento concluía: me habría encantado que hubieseis estado allí conmigo.

El hecho es que mi madre se negaba a subir al glaciar. Sentía un miedo irracional e inflexible: decía que para ella la montaña acababa a los tres mil metros, la altura de sus Dolomitas. Prefería los dos mil metros a los tres mil —los pastos, los torrentes, los bosques—, y también le encantaban los mil, la vida de aquellos pueblos de madera y piedra. Cuando mi padre estaba fuera le gustaba mucho salir a pasear conmigo, tomar un café en la plaza, leerme un libro sentados en un prado, charlar un rato con algún transeúnte. En cambio, odiaba nuestros continuos desplazamientos. Habría querido contar con una casa que pudiera considerar suya y un pueblo al que pudiera volver, se lo pedía con frecuencia a mi padre; él decía que no había dinero para pagar otro alquiler además del de Milán, ella le habló de una cifra que podían permitirse, y por fin él cedió y le dejó buscarla.

De noche, una vez recogida la mesa, mi padre desplegaba sobre el tablero un mapa y se ponía a estudiar el sendero del día siguiente. A su lado tenía una libreta gris del Club Alpino Italiano y medio vaso de aguardiente del que de vez en cuando bebía un sorbo. Mi madre disfrutaba de su parte de libertad sentada en el sofá o en la cama, donde leía una novela: durante una hora o dos desaparecía y era como si estuviese en otro lugar. Yo entonces me montaba en las rodillas de mi padre para ver lo que hacía. Lo encontraba alegre y locuaz, todo lo opuesto al padre de ciudad al que estaba acostumbrado. Disfrutaba enseñándome el mapa y explicándome cómo se leía. Este es un torrente, me señalaba, este es un laguito, y estos de aquí son unos refugios. Aquí puedes distinguir por el color el bosque, la pradera alpina, el pedregal, el glaciar. Estas líneas curvas señalan la cota: cuanto más densas son, más escarpada es la montaña, donde ya ni siquiera se puede subir; aquí, donde son más finas, la pendiente es suave y pasan los senderos, ¿lo ves? Estos puntos marcados por una cota señalan las cumbres. A las cumbres es adonde vamos. Bajamos solo cuando llegamos donde no se puede ascender más. ¿Lo entiendes?

No, no podía entender. Tenía que verlo, tenía que ver aquel mundo que tanta felicidad le brindaba. Años más tarde, cuando empezamos a ir juntos, mi padre decía que recordaba perfectamente cómo se había manifestado mi vocación. Una mañana él estaba a punto de salir cuando mi madre todavía dormía y, mientras se ataba las botas, me vio delante de él, vestido y listo para acompañarlo. Debía de haberme preparado dentro de la cama. En la oscuridad lo había asustado como si fuese mayor que mis seis o siete años: ya era aquel en el que me convertiría después, en su relato, la premonición de un hijo adulto, un fantasma del futuro.

¿No quieres seguir durmiendo un rato más?, me preguntó en voz baja para no despertar a mi madre.

Quiero ir contigo, respondí, o eso afirmaba él: pero a lo mejor solo era la frase que le gustaba recordar.

PRIMERA PARTE

MONTAÑA DE LA INFANCIA

1

El pueblo de Grana quedaba en la ramificación de uno de aquellos valles, valle que casi todo el mundo dejaba atrás como algo irrelevante, cerrado arriba por crestas gris plomo y abajo por una peña que impedía el acceso. En la peña, las ruinas de una torre custodiaban campos silvestres. Un camino de tierra se desviaba de la carretera comarcal y ascendía empinado, curvilíneo, hasta los pies de la torre; luego, una vez pasada la torre, se suavizaba, doblaba por el lado de la montaña y entraba en el desfiladero a mitad de la ladera, desde donde continuaba en leve desnivel. Era julio cuando fuimos, julio de 1984. En los prados estaban segando heno. El desfiladero era más ancho de lo que parecía desde abajo, todo él bosques en el lado umbroso y terrazas al sol: abajo, entre los matorrales, corría un torrente que de vez en cuando veía relucir, y eso fue lo primero de Grana que me gustó. En aquel entonces leía novelas de aventuras. Gracias a Mark Twain amaba los ríos. Pensé que allí podía pescar, zambullirme, nadar, derribar algún árbol y construir una balsa y, arrebatado por esas fantasías, no reparé en el pueblo que había aparecido detrás de una curva.

—Es aquí —dijo mi madre—. Ve despacio.

Mi padre aminoró la marcha. Desde que habíamos salido acataba dócilmente las instrucciones de ella. Se inclinó a derecha e izquierda, entre el polvo que el coche levantaba, observando largamente los establos, los gallineros, los heniles de troncos, las ruinas quemadas y derruidas, los tractores al borde de la carretera, las embaladoras. Dos perros negros con una campanilla al cuello salieron de un patio. Aparte de un par de casas más recientes, todo el pueblo parecía hecho de la misma piedra gris de la montaña, una especie de afloramiento de rocas, un antiguo desprendimiento; un poco más arriba pastaban cabras.

Mi padre no dijo nada. Mi madre, que había descubierto aquel lugar por su cuenta, lo hizo aparcar en un claro, se apeó del coche y fue a buscar a la dueña de la casa mientras nosotros dos descargábamos el equipaje. Uno de los perros se nos acercó ladrando y mi padre hizo algo que nunca le había visto hacer: alargó una mano para dejar que se la oliera, le dijo una palabra amable y lo acarició entre las orejas. A lo mejor congeniaba más con los perros que con los hombres.

—¿Y bien? —me preguntó mientras desenganchaba los elásticos de la baca—. ¿Qué te parece?

Precioso, habría querido responder. Un olor a heno, establo, leña, humo y a saber qué más me había acometido en cuanto bajé del coche, pletórico de promesas. Pero no estaba seguro de que fuese la respuesta correcta, así que dije:

—A mí no me parece mal, ¿y a ti?

Mi padre se encogió de hombros. Levantó la vista por encima de las maletas y echó una ojeada a la caseta que teníamos delante. Pendía de un lado, y sin duda se habría desplomado sin los dos palos que la apuntalaban. En su interior había apiladas balas de heno, y encima del heno una camisa vaquera que alguien se había quitado y olvidado.

—Yo me crié en un lugar así —dijo, sin explicarme si era un recuerdo bueno o malo.

Agarró el asa de una maleta e hizo el gesto de bajarla, pero luego se acordó de algo. Me miró con una idea en la cabeza que debía de divertirlo mucho.

—¿Crees que el pasado puede repetirse?

—Es difícil —dije para no comprometerme.

Siempre me planteaba adivinanzas así. Veía en mí una inteligencia semejante a la suya, capacitada para la lógica y las matemáticas, y creía que su deber era ponerla a prueba.

—Mira ese torrente, ¿lo ves? —dijo—. Hagamos como si el agua fuese el tiempo que corre. Si aquí donde estamos es el presente, ¿en qué lado crees que está el futuro?

Reflexioné. Parecía fácil. Di la respuesta más obvia:

—El futuro está donde va el agua, hacia allá.

—Error —decretó mi padre—. Por suerte. —Luego, como si se hubiese quitado un peso de encima, dijo—: Epa.

Era la palabra que empleaba cuando me levantaba en brazos también a mí, y la primera de las dos maletas cayó al suelo con un ruido seco.

La casa que mi madre había alquilado estaba en la parte alta del pueblo, dentro de un patio recogido alrededor de un abrevadero. Tenía la huella de dos orígenes diferentes: la primera estaba en las paredes, los balcones de alerce ennegrecido, el tejado de lajas cubiertas de musgo, la enorme chimenea tiznada, y su origen era antiguo; la segunda era solo vieja. De una época en que, en el interior de la casa, se habían colocado planchas de linóleo en los suelos, colgado pósters de flores en las paredes, fijado los armarios y la pila de la cocina, todo ello ya enmohecido y desteñido. Solo un objeto se libraba de la mediocridad, la estufa negra, de hierro fundido, maciza y severa, con la manija de latón y cuatro fuegos en los que se podía cocinar. Seguramente había sido rescatada de otro lugar y de otro tiempo. Pero creo que a mi madre le gustaba sobre todo lo que faltaba, pues, en efecto, había encontrado poco más que una casa vacía: le preguntó a la dueña si podía arreglarla un poco y esta se limitó a responder: «Haga lo que guste». No la alquilaba desde hacía años y sin duda no se esperaba alquilarla ese verano. Tenía modales bruscos, pero no era descortés. Creo que se sentía apurada porque estaba trabajando en los campos y no había podido cambiarse. Le entregó a mi madre una enorme llave de hierro, terminó de explicarle algo sobre el uso del agua caliente y protestó brevemente antes de aceptar el sobre que ella le había preparado.

Mi padre estaba fuera desde hacía rato. Para él, una casa era igual que cualquier otra, y al día siguiente tenía que estar en la oficina. Había salido a la terraza a fumar, las manos en la barandilla de madera áspera, los ojos en las cumbres. Parecía que las estaba estudiando para decidir por dónde emprender la subida. Entró una vez que la dueña se hubo marchado, así se ahorró la despedida, con un repentino humor sombrío; dijo que iba a comprar algo para la comida y que quería reemprender el viaje antes del anochecer.

En aquella casa, una vez que él se marchó, mi madre recuperó una versión suya que yo nunca había conocido. Por la mañana, en cuanto se levantaba, amontonaba pequeños palos de leña en la estufa, hacía una bola con una hoja de periódico y rascaba un fósforo contra la parte áspera del hierro. No le molestaba el humo que entonces se extendía por la cocina, ni la manta con la que nos cubríamos la cabeza mientras el espacio se calentaba, ni la leche que más tarde se desbordaba de la jarra y se quemaba en la plancha candente. Para desayunar me daba pan tostado y mermelada. Me lavaba en el grifo, me enjuagaba la cara, el cuello y las orejas, luego me secaba con un paño y me mandaba a la calle para que tomase el aire y el sol y perdiese un poco de mi delicadeza urbana.

En aquellos días el torrente se convirtió en mi terreno de exploración. Había dos límites que tenía prohibido cruzar: arriba, un pequeño puente de madera, más allá del cual las orillas se volvían más escarpadas y se estrechaban en una garganta y, abajo, la espesura a los pies de la peña, donde el agua continuaba hacia la hondonada. Era el espacio que mi madre podía vigilar desde la terraza de la casa, pero equivalía a un río entero. Al principio, el torrente descendía a saltos, cayendo en una serie de rápidos espumosos, entre grandes piedras por las que me asomaba para observar los reflejos argentinos del fondo. Más adelante disminuía su fuerza y se ramificaba, como si de joven se convirtiese en adulto, y atravesaba islotes colonizados por abedules, adonde yo podía cruzar saltando hasta la otra orilla. Allí, una maraña de madera formaba una barrera. En ese punto bajaba un canalón, y en invierno una avalancha había arrojado troncos y ramas que ahora se pudrían en el agua, pero de todo aquello yo entonces no sabía nada. Para mí era el momento de su vida en que el torrente hallaba un obstáculo, paraba y se enturbiaba. Siempre acababa sentándome allí, para mirar las algas que ondeaban justo bajo la superficie.

Había un chiquillo que pastoreaba las vacas en los prados que había junto a la orilla. Mi madre decía que era el nieto de la dueña de la casa en la que estábamos. Llevaba siempre consigo un palo amarillo, de plástico, de mango curvo, con el que espoleaba a las vacas por un costado para empujarlas hacia la hierba alta. Eran siete castañas jaspeadas jóvenes e inquietas. El chiquillo les gritaba si se iban por su cuenta, de vez en cuando salía en persecución de alguna de ellas imprecando y, cuando emprendía la marcha, subía la pendiente y se volvía a llamarlas a la voz de «Oh, oh, oh», o bien «Eh, eh, eh», hasta que ellas, de mala gana, lo seguían al establo. En el prado se sentaba en el suelo y las vigilaba desde arriba, a la vez que tallaba un trozo de madera con una navaja.

—No puedes estar allí —me dijo la única vez que me habló.

—¿Por qué? —pregunté.

—Pisas la hierba.

—¿Y dónde puedo estar?

—Allá.

Señaló la otra orilla del torrente. Desde donde estaba no sabía cómo llegar, pero no quería preguntárselo a él ni negociar un tránsito por su hierba. Así que entré en el agua sin quitarme los zapatos. Procuré mantenerme recto en la corriente y no mostrar la menor vacilación, como si vadear ríos fuese para mí cosa de todos los días. Crucé, me senté en una roca con los pantalones empapados y los zapatos chorreando, pero cuando me volví el chiquillo ya no se estaba fijando en mí.

De esa manera pasaron varios días, él en una orilla y yo en la opuesta, sin dignarnos mirarnos el uno al otro.

—¿Por qué no te haces amigo de él? —me preguntó mi madre una noche delante de la estufa.

La casa estaba impregnada de la humedad de demasiados inviernos, así que encendíamos el fuego para cenar y después nos quedábamos para caldearnos hasta la hora de acostarnos. Cada uno leía su libro, y de vez en cuando, entre una página y la siguiente, ella avivaba la llama y la conversación. La gran estufa negra nos escuchaba.

—¿Y cómo hago? —pregunté—. No sé qué decir.

—Le dices hola. Le preguntas cómo se llama. Le preguntas cómo se llaman sus vacas.

—Sí, ya —dije, fingiendo que estaba sumido en la lectura.

En las relaciones sociales mi madre ya estaba mucho más adelantada que yo. Dado que en el pueblo no había tiendas, mientras yo exploraba mi torrente ella había descubierto el establo donde comprar leche y queso, el huerto que vendía algún tipo de hortaliza y la serrería donde podía conseguir los restos de leña. También se había puesto de acuerdo con el muchacho de la quesería, que pasaba todas las mañanas y todas las tardes a recoger el bidón de leche, para que le llevase el pan y algo de compra. Y no sé cómo, al cabo de una semana, en la terraza había colgado tiestos y los había llenado de geranios. Ahora nuestra casa se reconocía desde lejos, y ya había oído que los pocos habitantes de Grana la saludaban por su nombre.

—De todos modos, da igual —dije un minuto después.

—¿Qué es lo que da igual?

—Hacerme su amigo. También me gusta estar solo.

—No me digas —dijo mi madre. Levantó la vista de la página y, sin sonreír, como si fuese un asunto muy serio, añadió—: ¿Estás seguro?

Así que decidió ayudarme. No todo el mundo comparte esa idea, pero mi madre creía firmemente en la necesidad de intervenir en la vida de los demás. Al cabo de dos días, en esa misma cocina, encontré al chiquillo de las vacas desayunando sentado en mi silla. Lo olí, a decir verdad, antes de verlo, porque llevaba encima el mismo olor a establo, heno, leche cuajada, tierra húmeda y humo de leña que para mí ha sido siempre desde entonces el olor de la montaña, y que he encontrado en todas las montañas del mundo. Se llamaba Bruno Guglielmina. El apellido era el de todos los habitantes de Grana, quiso explicarnos, pero el nombre Bruno lo tenía solo él. Apenas era unos meses mayor que yo, pues había nacido en 1972 pero en noviembre. Devoraba las galletas que mi madre le ofrecía como si no hubiese comido nunca en su vida. El último descubrimiento fue que no solo lo había estudiado yo a él, sino que él me había estudiado a mí mientras ambos fingíamos ignorarnos.

—Te gusta el torrente, ¿verdad? —me preguntó.

—Sí.

—¿Sabes nadar?

—Un poco.

—¿Pescar?

—Creo que no.

—Ven, voy a enseñarte algo.

Dijo eso y bajó de un salto de la silla, yo crucé una mirada con mi madre y luego salí corriendo tras él sin pensarlo dos veces.

Bruno me llevó a un sitio que conocía, donde el torrente cruzaba a la sombra del puente. Cuando estuvimos en la orilla, en voz baja me ordenó que me mantuviese lo más callado y oculto que pudiera. Luego se asomó por una roca, apenas lo suficiente para poder vigilar desde allí. Con una mano me indicó que esperase. Mientras esperaba, lo observé: tenía el pelo rubio cáñamo y el cuello quemado por el sol. Llevaba unos pantalones que no eran de su talla, los bajos enrollados en los tobillos y con el tiro caído, la caricatura de un hombre adulto. Tenía también las maneras de un adulto, una especie de gravedad en la voz y en los gestos: con un movimiento de la cabeza me ordenó que le diera alcance y obedecí. Me moví de la roca para mirar hacia donde miraba él. No sabía qué debía mirar: ahí detrás el torrente formaba una pequeña cascada y una charca umbría, que llegaría quizá hasta las rodillas. El agua estaba turbia en la superficie, que agitaba el fragor de la caída. En los bordes flotaba un dedo de espuma y una larga rama atravesada había acumulado hierbas y hojas podridas. Aquel espectáculo no era nada, solo agua que descendía por la montaña, y sin embargo me encantaba cada vez más y no sabía por qué.

Cuando llevaba un rato observando la charca vi que la superficie se quebraba levemente, y noté que dentro había algo vivo. Una, dos, tres, cuatro sombras ahusadas con el morro contra la corriente, lo único que se movía era la cola, despacio y en horizontal. A veces una de las sombras se desplazaba de golpe y se detenía en otro punto, y a veces emergía el dorso y luego volvía al fondo, pero siempre mirando hacia la pequeña cascada. Nos encontrábamos más abajo que ellas, por eso aún no nos habían visto.

—¿Son truchas? —susurré.

—Peces —dijo Bruno.

—¿Y siempre están allí?

—No siempre. A veces cambian de agujero.

—Pero ¿qué hacen?

—Cazan —respondió él, a quien aquello le parecía completamente natural.

En cambio, era algo que yo estaba aprendiendo en ese instante. Siempre había pensado que un pez nadaba en el sentido de la corriente, lo que sería más fácil, y no que derrochaba sus fuerzas nadando contracorriente. Las truchas movían la cola lo suficiente para permanecer inmóviles. Me hubiera gustado saber qué cazaban. A lo mejor los mosquitos que veía revoloteando por la superficie del agua y que se quedaban como atrapados. Observé un momento la escena procurando comprenderla mejor, antes de que Bruno se hartase de golpe: se puso de pie de un salto, agitó los brazos y al instante las truchas desaparecieron. Me acerqué a ver. Habían huido del centro de la charca hacia todos los lados. Miré el agua y cuanto vi fue la grava blanca y azul del fondo, pero enseguida tuve que marcharme para seguir a Bruno, que ahora iba corriendo por el borde opuesto del torrente.

Un poco más arriba, un edificio solitario daba a la orilla como si se tratase de la casa de un guarda. Se estaba cayendo a pedazos entre ortigas, zarzas de frambuesa, nidos de avispas que se secaban al sol. En el pueblo había muchas ruinas así. Bruno pasó las manos por los muros de piedra, allí donde se unían en un canto lleno de grietas, se dio impulso y enseguida estuvo en la ventana de la primera planta.

–¡Venga! –dijo asomándose desde arriba.

Después, sin embargo, se olvidó de esperarme, quizá porque no le parecía nada difícil, porque no se le pasaba por la cabeza que pudiera necesitar ayuda o solo porque estaba acostumbrado a ser así, o sea, a que cada uno se las arreglase solo, sin importar lo fácil o difícil que fuera lo que hubiera que hacer. Lo imité como pude. Sentí la piedra áspera, tibia, seca bajo los dedos. Me arañé los brazos en el antepecho de la ventana, miré dentro y vi que Bruno estaba bajando al sótano por un hueco del suelo valiéndose de una escalera de mano. Creo que ya había decidido que iba a seguirlo a todas partes.

Abajo, donde apenas se podía ver, había cuatro cubículos separados por paredes bajas. Olía a moho y madera podrida. Cuando mis ojos se acostumbraron a la oscuridad, vi que el suelo estaba lleno de latas, botellas, periódicos viejos, camisas rotas, zapatos viejos y herramientas oxidadas. Bruno estaba inclinado sobre una gran piedra pulida, blanca, con forma de rueda, que había en un rincón de la habitación.

—¿Qué es eso? —pregunté.

—Una muela —dijo. Luego añadió—: La piedra del molino.

Me incliné a su lado para mirar. Sabía qué era una muela, pero nunca había visto una con mis propios ojos. Estiré una mano. Esta piedra era fría, viscosa, y en el agujero del centro tenía musgo que se quedaba en las yemas de los dedos como un fango verde. Sentí que los brazos me ardían por los arañazos de antes.

—Tenemos que ponerla de pie —dijo Bruno.

—¿Para qué?

—Para que pueda rodar.

—Pero ¿adónde?

—¿Cómo que adónde? Abajo, ¿no?

Moví la cabeza porque no entendía. Bruno me lo explicó con paciencia.

—La ponemos de pie. La empujamos fuera. Y luego la tiramos por el torrente. Así los peces saltan fuera del agua y nosotros nos los comemos.

La idea me pareció enseguida grandiosa e irrealizable. Aquella piedra era demasiado pesada para los dos. Pero era tan bonito imaginarse verla rodando, y tan bonito imaginarse que éramos capaces de semejante hazaña, que decidí no poner ninguna objeción. Alguien ya debía de haberlo intentado, pues debajo de la muela, entre la piedra y el suelo, había dos cuñas de leñador. Estaban metidas lo justo para levantarla. Bruno recogió un palo fuerte, el mango de un pico o de una pala, y con una piedra empezó a martillearlo en la grieta como si se tratara de un clavo. Una vez que la punta entró, empujó la piedra debajo del mango y lo paró con un pie.

—Ahora ayúdame —dijo.

—¿Qué debo hacer?

Me puse a su lado. Los dos teníamos que empujar hacia abajo, usando el peso de nuestros cuerpos para levantar la muela. Nos colgamos, pues, del mango, y al elevarse mis pies del suelo noté por un momento que la piedra se movía. El método que Bruno había concebido era válido y con una palanca mejor quizá habría funcionado, pero bajo nuestro peso aquel viejo palo se curvó, crujió y por último se partió de golpe, de modo que nos caímos al suelo. Bruno se hirió en una mano. Blasfemó y la sacudió en el aire.

—¿Te has hecho daño? —pregunté.

—Piedra de mierda —dijo, lamiéndose la herida—. Antes o después te moverás de aquí.

Subió por la escalera de mano y desapareció arriba, llevado por una rabia impulsiva, y poco después oí que saltaba por la ventana y que se iba corriendo.

Aquella noche, en la cama, me costó conciliar el sueño. La excitación era lo que me mantenía despierto. Venía de una infancia solitaria y no estaba acostumbrado a hacer nada con otro. También en eso creía que era igual a mi padre. Pero aquel día había experimentado algo, una repentina sensación de intimidad que, al mismo tiempo, me atraía y asustaba, como un desfiladero en un terreno desconocido. Para tranquilizarme busqué una imagen en mi cabeza. Pensé en el torrente: en la charca, en la pequeña cascada, en las truchas que movían la cola para permanecer inmóviles, en las hojas y en las ramitas que se llevaba la corriente. Y luego en las truchas que saltaban hacia sus presas. Comencé a comprender un hecho, a saber, que todas las cosas, para un pez de río, llegan del monte: insectos, ramas, hojas, cualquier cosa. Por eso mira hacia arriba, a la espera de lo que ha de llegar. Si el punto en el que te sumerges en un río es el presente, pensé, entonces el pasado es el agua que te ha adelantado, la que va hacia abajo y donde ya no hay nada para ti, mientras que el futuro es el agua que desciende de arriba, trayendo peligros y sorpresas. El pasado está río abajo; el futuro, río arriba. Eso es lo que tendría que haberle respondido a mi padre. Sea lo que sea el destino, habita en las montañas que tenemos sobre la cabeza.

Luego, esos pensamientos también se esfumaron lentamente y me quedé escuchando. Ya estaba acostumbrado a los ruidos nocturnos, podía reconocerlos todos. Esta, pensé, es la fuente del abrevadero. Esta es la campanilla de un perro que sale a pasear de noche. Este es el zumbido eléctrico de la única farola de Grana. Me pregunté si Bruno, en su cama, oía los mismos ruidos. Mi madre pasó una página en la cocina mientras el chisporroteo de la estufa me arrullaba hacia el sueño.

Durante el resto de julio no pasó un día sin que nos viésemos. Bien era yo quien iba al prado o bien Bruno rodeaba a sus vacas con un cable que conectaba a la batería de un coche y se presentaba en nuestra cocina. Más que las galletas, creo que le gustaba mi madre. Le gustaban sus mimos. Ella lo interrogaba abiertamente, sin circunloquios, como estaba acostumbrada a hacer en su trabajo, y él respondía orgulloso de que su historia le interesase a una señora de ciudad tan amable. Nos contó que era el habitante más joven de Grana, así como el último muchacho del pueblo, ya que no se esperaba la llegada de ninguno más. Su padre estaba fuera buena parte del año, aparecía rara vez y solo en invierno, y en cuanto sentía el aire de primavera se marchaba a Francia o a Suiza o allí donde hubiera una obra que buscara trabajadores. En contrapartida, su madre jamás se había movido de allí: en los campos que había sobre las casas tenía un huerto, un gallinero, dos cabras, las colmenas de las abejas; su único interés era cuidar de aquel pequeño reino. Cuando la describió, enseguida comprendí quién era. Una mujer que ya había visto pasar, empujando una carretilla y llevando una azada y un rastrillo, y que me adelantaba con la cabeza gacha sin siquiera reparar en mí. Ella y Bruno vivían en la casa de un tío, marido de la dueña de nuestra casa, propietario de algunos pastos y de algunas vacas lecheras. Ese tío estaba ahora en la montaña con los primos mayores: Bruno señaló la ventana, por donde en ese momento solo veía bosques y piedras, y añadió que se les uniría en agosto, junto con las vacas más jóvenes que le habían dejado.

—¿En la montaña? —pregunté.

—O sea, en la alzada. ¿Sabes qué es una alzada?

Hice un gesto negativo con la cabeza.

—¿Y tus tíos son buenos contigo? —lo interrumpió mi madre.

—Claro —dijo Bruno—. Hay mucho que hacer.

—Pero ¿también vas al colegio?

—Sí, sí.

—¿Te gusta?

Bruno se encogió de hombros. No fue capaz de decir que sí, ni siquiera por satisfacerla.

—¿Y tu madre y tu padre se quieren?

Apartó la mirada. Hizo una mueca con los labios que podía significar no, o quizá un poco, o quizá que no procedía hablar del asunto. A mi madre le bastó como respuesta y no insistió, pero yo sabía que algo, en aquella conversación, no le había gustado. No estaba dispuesta a abandonar el asunto sin averiguarlo.

Cuando Bruno y yo salíamos no hablábamos de nuestras familias. Paseábamos por el pueblo, nunca demasiado lejos de sus vacas, que estaban pastando. Alguna vez íbamos a explorar las casas abandonadas. En Grana había más de las que uno pudiera desear: viejos establos, viejos heniles y graneros, un viejo almacén con estanterías polvorientas y vacías, un viejo horno de pan ennegrecido por el humo. Por todas partes, los mismos desechos que había visto en el molino, como si durante mucho tiempo, después de que aquellos edificios hubieran quedado en desuso, alguien los hubiera ocupado mal y luego los hubiera dejado de nuevo. En algunas cocinas encontrábamos la mesa y el banco, algunos platos y vasos en la despensa, la sartén colgada en la chimenea. En Grana, en 1984, había catorce habitantes, pero en otra época pudo haber cien.

Un edificio dominaba el centro del pueblo, más moderno e imponente que las casas que lo rodeaban: tenía tres plantas encaladas, una escalera exterior, un patio, una tapia parcialmente derruida. Entramos por la tapia, atravesando el matorral que había invadido el patio. La puerta de la planta baja estaba solo entornada, y cuando Bruno la empujó nos encontramos en un vestíbulo sombrío, con bancos y percheros de madera. Enseguida comprendí dónde estábamos, quizá porque todas las escuelas se parecen: sin embargo, en la escuela de Grana ahora únicamente recibían instrucción unos enormes conejos grises, que nos observaban asustados desde una hilera de jaulas. El aula olía a paja, pienso, orina y vino que se convertía en vinagre. En una tarima de madera, donde antaño debió de estar la mesa del maestro, había tiradas algunas damajuanas vacías, pero nadie se había atrevido a bajar el crucifijo que colgaba en la pared ni a hacer leña con los bancos amontonados al fondo.

Los bancos me atrajeron más que los conejos. Me acerqué para verlos mejor: eran bancos largos y estrechos, cada uno con cuatro agujeros para tintero, madera pulida por todas las manos que se habían posado en ella. En el borde interior las mismas manos habían grabado letras con un cuchillo o quizá con la punta de un clavo. Iniciales. La G de Guglielmina se repetía bastante.

–¿Tú sabes quiénes son?

–Alguno sí –dijo Bruno–. A alguno no lo conozco, pero he oído hablar de él.

–Pero ¿cuándo fue?

–No lo sé. Esta escuela lleva toda la vida cerrada.

Antes de que pudiera seguir preguntándole, oímos que la tía de Bruno lo llamaba. Así terminaban nuestras aventuras: nos llegaba aquella llamada terminante, gritada una, dos, tres veces, allí donde estuviésemos. Bruno resopló. Luego se despidió de mí y se marchó corriendo. Todo lo dejaba a medias, un juego, una conversación, y sabía que ese día ya no lo volvería a ver.

Yo, en cambio, me quedé un rato más en la vieja escuela: repasé todos los bancos, leí todas las iniciales e intenté imaginarme los nombres de aquellos chiquillos. Luego, mientras curioseaba, encontré un grabado mejor hecho y más reciente. El surco dejado por el cuchillo resaltaba en la madera ennegrecida como un corte nuevo. Pasé un dedo por la G y por la B, y realmente era imposible tener dudas acerca de la identidad de su autor. Entonces deduje más cosas, cosas que había visto y no había comprendido en las ruinas a las que Bruno me llevaba, y empecé a intuir cuál era la vida secreta de aquel pueblo fantasma.

Mientras tanto, julio pasaba volando. La hierba segada a nuestra llegada ya había crecido un palmo y por el camino de herradura iban los rebaños que se dirigían hacia las alzadas de las cumbres. Se adentraron en el bosque con un estruendo de pezuñas y cencerros y desaparecieron por el cañón, y luego reaparecieron lejos, más allá de la línea de árboles, como bandadas de pájaros posados en el borde de la montaña. Dos tardes a la semana mi madre y yo hacíamos la ruta inversa hacia otro pueblo, que luego no era sino un puñado de casas en la hondonada. Tardábamos media hora en llegar a pie, y al final del sendero parecía que habíamos vuelto de golpe a la modernidad. Las luces de un bar iluminaban el puente sobre el río, un trasiego de coches recorría la carretera y la música se mezclaba con las voces de los turistas que había sentados fuera. En aquella zona baja hacía más calor y el verano era alegre y ocioso, como el verano en la playa. Había un grupo de chicos sentados a las mesillas: fumaban, reían, de vez en cuando los recogían amigos que pasaban en coche y se marchaban juntos a los bares de la parte alta del valle. En cambio, mi madre y yo nos poníamos en la cola del teléfono de fichas. Esperábamos nuestro turno y luego entrábamos juntos en aquella cabina exhausta de conversaciones. Mis padres terminaban rápido: tampoco en casa perdían mucho tiempo en charlas, y escuchándolos parecían dos viejos amigos que solo necesitaban dos frases para entenderse. Mi padre se extendía más conmigo cuando mi madre me lo pasaba.

—¿Qué tal, montañero? —decía—. ¿Has escalado alguna buena montaña?

—Todavía no. Pero me estoy entrenando.

—Estupendo. ¿Y cómo está tu amigo?

—Bien. Lo malo es que dentro de poco se va a la alzada y no lo volveré a ver. Se tarda una hora en llegar.

—Bueno, una hora tampoco es mucho. Lo que haremos es ir juntos, ¿qué te parece?

—Me gustaría. ¿Cuándo vienes?

—En agosto —decía mi padre. Y, antes de despedirse, añadía—: Dale un beso a mamá. Y cuídala, ¿eh? Que no se sienta sola.

Yo se lo prometía, pero para mis adentros pensaba que quien se sentía solo era él. Me lo imaginaba en el piso de Milán, completamente vacío, con las ventanas abiertas de par en par y el zumbido de los camiones. Mi madre estaba perfectamente. Regresábamos a Grana por el mismo sendero del bosque, en el que, entretanto, había oscurecido. Entonces ella encendía una linterna y la apuntaba hacia los pies. La noche no le daba ningún miedo. Me contagiaba su enorme tranquilidad: caminábamos siguiendo sus botas en aquella luz vacilante y poco después empezaba a oírla cantar en un tono bajo, como para sí. Si conocía la canción, la seguía, también en voz baja. Los ruidos del tráfico, las radios, las carcajadas de los chicos se esfumaban detrás de nosotros. El aire se tornaba más fresco a medida que ascendíamos. Sabía que casi habíamos llegado un poco antes de distinguir las ventanas iluminadas, cuando el viento me traía el olor de las chimeneas.

2

Ignoro qué cambios había visto en mí ese año, pero mi padre había decidido que ya era hora de que lo acompañara. Llegó de Milán un sábado, irrumpiendo en nuestras costumbres con su destartalado Alfa, decidido a no perder un minuto de sus breves vacaciones. Había comprado un mapa que colgó de la pared con chinchetas, y un rotulador con el que pretendía señalar los senderos que íbamos a recorrer, como las conquistas de los generales. La vieja mochila militar, los pantalones de pana hasta las rodillas, el jersey rojo de escalador de las Dolomitas serían su uniforme. Mi madre prefirió mantenerse al margen y recluirse entre sus geranios y sus libros. Bruno ya estaba en la alzada y yo no hacía más que volver a nuestros rincones solo y sentir su ausencia, por eso acogí encantado la novedad: empecé a aprender el modo que tenía mi padre de ir a la montaña, lo más semejante a una educación que he recibido de él.

Salíamos temprano por la mañana e íbamos en coche hasta las aldeas situadas a los pies del Monte Rosa. Eran localidades turísticas más de moda que la nuestra, y soñoliento veía pasar los chalés adosados, los hoteles de estilo alpino de principios del siglo xx, los feos bloques de los años sesenta, los campings de caravanas a lo largo del río. Todo el valle seguía umbroso y húmedo de rocío. Mi padre tomaba un café en el primer bar que encontrábamos abierto, luego se ponía la mochila al hombro con la solemnidad de un alpino: el sendero salía de detrás de una iglesia y, después de un pequeño puente de madera, penetraba en el bosque y enseguida ascendía. Antes de entrar en el bosque echaba una última ojeada al cielo. Encima de nuestras cabezas resplandecían los glaciares ya iluminados por el sol; el sol de la mañana en las piernas desnudas me ponía la piel de gallina.

En el sendero mi padre me dejaba caminar por delante de él. Me seguía a un paso, de manera que pudiese oír lo que me dijese cuando hiciera falta y su respiración muy cerca. Sus reglas eran escuetas y claras: la primera, adoptar un ritmo y mantenerlo sin detenerse; la segunda, no hablar; la tercera, ante un cruce, elegir siempre el camino que asciende. Él jadeaba y resoplaba mucho más que yo, por el tabaco y la vida de oficina que hacía, pero al menos durante una hora no toleraba paradas para tomar aliento, para beber ni para observar nada. El bosque no tenía encanto a sus ojos. Mi madre, en nuestros paseos por Grana, era la que me señalaba las plantas y los árboles y la que me enseñaba sus nombres, como si cada uno fuese una persona con su carácter propio, mientras que para mi padre el bosque no era más que la entrada a la alta montaña: ascendíamos por el bosque con la cabeza baja, concentrados en el ritmo de las piernas, de los pulmones, del corazón, en una relación íntima y muda con el cansancio. Pisábamos piedras alisadas por el tránsito secular de animales y hombres. A veces dejábamos atrás una cruz de madera, una placa de bronce con un nombre, un templete con una Virgen o una flor, que daban a aquellos rincones de bosque un aire grave de cementerio. Entonces el silencio entre nosotros cobraba otro significado, parecía el único modo respetuoso de pasar por ahí.

Levantábamos la vista solo cuando terminaban los árboles. En la ladera del glaciar el sendero se suavizaba, y al salir al sol nos encontrábamos con las últimas aldeas altas. Eran lugares abandonados o casi abandonados, incluso más que Grana, salvo por un establo apartado, una fuente todavía en funcionamiento, una ermita bien conservada. Encima y debajo de las casas el terreno había sido allanado y las piedras recogidas en cúmulos, y también se habían cavado canales para irrigar y abonar, y aterrazado las cuestas para hacer campos y huertas: mi padre me enseñaba esas obras y me hablaba con admiración de los antiguos montañeros. Los llegados del norte de los Alpes en la Edad Media eran capaces de cultivar la tierra en alturas hasta las que nadie llegaba. Eran poseedores de técnicas especiales y de una especial resistencia al frío y a las privaciones. Ya nadie, me dijo, podría vivir allí arriba en invierno, con una autonomía total de comida y de medios, como durante siglos habían hecho ellos.

Yo observaba las casas derruidas y hacía esfuerzos para imaginarme a sus moradores. No podía comprender cómo alguien había podido elegir una vida tan dura. Cuando se lo pregunté a mi padre, me respondió a su manera enigmática: siempre parecía que no podía darme la solución sino apenas un indicio, y que yo tenía que llegar a la verdad necesariamente solo.

Dijo:

—No lo eligieron. Si alguien se queda arriba, es porque abajo no lo dejan en paz.

—¿Y quién hay abajo?

—Amos. Ejércitos. Curas. Jefes de sección. Depende.

El tono de su respuesta no era del todo serio. Ahora se mojaba la nuca en la fuente y estaba más alegre que a primera hora de la mañana. Se sacudía el agua de la cabeza, se estrujaba la barba y miraba hacia arriba. En los desfiladeros que nos esperaban no había obstáculos a la vista, lo que le permitía reparar, antes o después, en cualquiera que pudiera precedernos en el sendero. Tenía una vista aguda, de cazador, con la que distinguía las manchitas rojas o amarillas, el color de una mochila o de un anorak. Cuanto más lejos estaban, más arrogante sonaba la voz con que, a la vez que señalaba, me preguntaba:

—¿Qué me dices, Pietro, les damos alcance?

—Claro —respondía yo, allá donde estuviesen.

Nuestro ascenso se convertía entonces en una persecución. Habíamos calentado bastante los músculos y conservábamos todas nuestras energías. Subíamos por los pastos de agosto dejando atrás alzadas aisladas, hatos de vacas indiferentes, perros que nos gruñían pegados a los tobillos, extensiones de ortigas que me picaban las piernas desnudas.

—Corta por aquí —decía mi padre, donde el sendero trazaba líneas demasiado suaves para su gusto—. Recto. Ve por este lado.

Por fin, la cuesta volvía a ser más pronunciada, y era allí, en aquellas despiadadas pendientes finales, donde alcanzábamos a nuestras presas. Solían ser dos o tres hombres, de la edad de mi padre y vestidos como él. Confirmaban en mí la idea de que eso de ir a la montaña era una moda de otra época y que obedecía a códigos anticuados. También la manera en que cedían el paso tenía algo de ceremonioso: se apartaban al borde del sendero, se detenían y nos dejaban adelantarlos. No cabía duda de que nos habían visto desde arriba, de que habían intentado resistir y de que no les hacía gracia que les hubiéramos dado alcance.

—Qué tal —dijo uno—. El chiquillo corre, ¿eh?

—Él lleva el ritmo —respondía mi padre—. Yo lo sigo.

—Quién tuviera unas piernas como las suyas.

—Claro. Pero las hemos tenido.

—Bueno. A lo mejor hace un siglo. ¿Van hasta la cumbre?

—Si lo conseguimos.

—Suerte —concluía el otro, y fin de las formalidades.

Nos alejábamos en silencio, tal y como habíamos llegado. El júbilo no estaba previsto, pero poco después, cuando nos habíamos alejado bastante, notaba una mano en el hombro, solo eso, una mano que se apoyaba en mí y apretaba, y eso era todo.

Quizá sea cierto, como afirmaba mi madre, que cada uno de nosotros tiene una cota predilecta en la montaña, un paisaje que se le parece y en el que se siente bien. Sin duda, la suya era el bosque de los mil quinientos metros, el de abetos y alerces, a cuya sombra crecen el arándano, el enebro y el rododendro, y se ocultan los corzos. Yo me sentía más atraído por la montaña que está detrás: pradera alpina, torrentes, turberas, hierbas de alta cota, animales pastando. Todavía a más altura la vegetación desaparece, la nieve lo cubre todo hasta el principio del verano y el color predominante es el gris de la roca, veteado de cuarzo y con incrustaciones amarillas de líquenes. Allí empezaba el mundo de mi padre. Tras tres horas de camino los prados y los bosques eran reemplazados por los pedregales, por los pequeños lagos ocultos en las cuencas glaciares, por los barrancos surcados por aludes, por los manantiales de agua gélida. La montaña se transformaba en un lugar más áspero, inhóspito y puro: arriba, mi padre se sentía feliz. Puede que rejuveneciera, volviendo a otras montañas y a otros tiempos. También su paso perdía peso y recuperaba una agilidad perdida.

Yo, por el contrario, estaba exhausto. El cansancio y la falta de oxígeno me ocluían el estómago, lo que me provocaba náuseas. Ese malestar hacía que cada metro fuera una tortura. Mi padre era incapaz de darse cuenta: hacia los tres mil metros el sendero se volvía impreciso, en el pedregal no quedaban sino cúmulos de piedra y marcas de pintura, y por fin él se ponía a la cabeza de la expedición. No se volvía a comprobar cómo me encontraba. Si se volvía era para gritar «¡Mira!» señalando hacia arriba, el borde de la cumbre, los cuernos de las cabras monteses que nos vigilaban como guardianes de aquel mundo mineral. Cuando alzaba los ojos la cumbre me parecía aún lejanísima. Sentía un olor a nieve helada y a pedernal.

El final de la tortura llegaba de repente. Daba un último salto, bordeaba un saliente, y de golpe me hallaba delante de un montón de piedras o de una cruz de hierro que los rayos habían partido, la mochila de mi padre tirada en el suelo y, más allá, solo cielo. Era un alivio más que una euforia. Arriba no había ningún premio para nosotros: aparte del hecho de que ya no podíamos ascender más, en realidad, la cumbre no tenía nada especial. Habría preferido estar en un torrente o en una aldea.

En lo alto de las montañas mi padre se ponía meditabundo. Se quitaba la camisa y la camiseta de tirantes y las tendía en la cruz para que se secasen. Rara vez lo veía con el torso desnudo, estado en el que su cuerpo tenía algo vulnerable: con los antebrazos enrojecidos, los hombros fuertes y blancos, la cadena de oro que nunca se quitaba, el cuello de nuevo rojo y cubierto de polvo. Nos sentábamos a comer pan y queso y a contemplar el panorama. Ante nosotros se elevaba todo el macizo del Monte Rosa, tan cerca que podían distinguirse los refugios, los funiculares, los lagos artificiales, la larga procesión de cordadas desde el refugio Margherita. Mi padre destapaba entonces la cantimplora del vino y encendía el único cigarrillo de la mañana.

—No se llama Rosa porque sea rosa —decía—. Procede de una palabra antigua que significa hielo. La montaña de hielo.

Luego me enumeraba los cuatromiles de este a oeste, siempre desde el principio, porque antes de ir era importante reconocerlos y haberlos deseado largo tiempo: la modesta punta Giordani, la Pirámide Vincent que se yergue sobre ella, el Balmenhorn, sobre el que surge el gran Cristo delle Vette, la punta Parrot, con su perfil tan suave que casi no se ve; luego las nobles puntas Gnifetti, Zumstein, Dufour, tres hermanas aguzadas; los dos Lyskamm con la cumbre que los une, la «devoradora de hombres»; también, la elegante ondulación del Cástor, el huraño Pólux, el tallado de la Roccia Nera, los Breithorn de aspecto inocuo. Y, por último, al oeste, esculpido y solitario, el Cervino, que mi padre llamaba la Gran Becca, la Gran Montaña, como si fuese una vieja tía suya. No le gustaba volverse hacia el sur, hacia la llanura: la neblina de agosto lo cubría todo y, por algún lado bajo aquella capa gris, se abrasaba Milán.

—Todo parece pequeño, ¿verdad? —decía, y yo no comprendía.

No comprendía en qué sentido podía parecerle pequeño aquel panorama majestuoso. O si eran otras cosas las que le parecían pequeñas, cosas que recordaba cuando estaba arriba. Pero la melancolía no duraba mucho. Una vez que terminaba el cigarrillo salía del pantano de sus pensamientos, recogía las cosas y decía:

—¿Nos vamos?

El descenso lo hacíamos corriendo, a toda velocidad por cualquier pendiente, lanzando gritos de guerra y aullidos indios, y en menos de dos horas estábamos con los pies en remojo en cualquier fuente de pueblo.

En Grana mi madre había hecho progresos en las investigaciones. La veía a menudo en el campo donde la madre de Bruno pasaba el día. No bien levantabas la vista la encontrabas siempre allí, una mujer huesuda con un gorro amarillo, agachada, ocupándose de las cebollas y de las patatas. Nunca cruzaba más de dos palabras con nadie, y nadie iba a verla hasta que empezó a hacerlo mi madre: una vez en el huerto, la otra sentada a su lado en un tocón, vistas desde lejos parecía que llevaban horas charlando.

—Así que habla —dijo mi padre, a quien le habíamos contado de aquella mujer.

—Claro que habla. Yo nunca he conocido a ningún mudo —respondió mi madre.

—Lástima —comentó él, pero ella no tenía ganas de bromear.

Había descubierto que ese año Bruno no había aprobado primero de la intermedia y estaba muy enfadada. No lo habían vuelto a mandar al colegio desde el mes de abril. Era evidente que, si nadie intervenía, su instrucción terminaría ahí, y esas eran las cosas que indignaban a mi madre, en Milán como en un diminuto pueblo de montaña.

—No puedes salvar siempre a todos —dijo mi padre.

—A ti alguien te salvó, ¿o me equivoco?

—Por supuesto. Pero después he tenido que salvarme de ellos.

—Entretanto, estudiaste. No te pusieron a cuidar vacas cuando tenías once años. A los once años hay que ir al colegio.

—Lo único que digo es que aquí es diferente. Aquí hay padres, por suerte.

—Sí, una gran suerte —concluyó mi madre, y mi padre evitó replicar.

Casi nunca hablaban de su infancia, y las pocas veces que lo hacían él movía la cabeza y cambiaba de tema.

Así, mi padre y yo fuimos enviados como avanzadilla, para entablar relaciones con los hombres de la familia Guglielmina. La alzada en la que vivían en verano era un grupo de tres refugios a poco más de una hora de Grana, a lo largo del sendero que subía al desfiladero. Los vimos desde lejos, enclavados en medio del flanco derecho, donde el borde de la montaña se suavizaba antes de caer de nuevo, hasta el mismo torrente que corría en el pueblo. Yo ya me había encariñado con aquel riachuelo. Estaba feliz de encontrármelo arriba. En ese punto el desfiladero se cerraba, como si un inmenso desprendimiento lo hubiese seguido río abajo, y terminaba en una cuenca repleta de agua, recorrida por regueros y plagada de helechos, matorrales de ruibarbo y ortigas. Pasado el desfiladero, el sendero se volvía fangoso. Luego se dejaba atrás el aguazal, se sobrepasaba el torrente y se ascendía a la zona seca y al sol, hacia los refugios. Pasado el torrente los pastos estaban bien cuidados.

—Hola —dijo Bruno—. A buenas horas.

—Perdona. He tenido que estar un tiempo con mi padre.

—¿Ese es tu padre? ¿Qué tal es?

—No lo sé —dije—. Buena gente.

Había empezado a hablar como él. Hacía quince días que no nos veíamos y ya éramos como dos viejos amigos. Mi padre lo saludó como si lo fuésemos, y también el tío de Bruno quiso mostrarse hospitalario: entró en uno de los refugios y salió con un trozo de queso de cabra, una cecina y una garrafa de vino, pero su cara era incompatible con esos gestos de bienvenida. Era un hombre marcado por malos pensamientos, que le habían labrado los rasgos. Tenía una barba descuidada, hirsuta y casi blanca, el bigote más tupido y gris, las cejas curvadas en una perenne desconfianza, los ojos azul cielo. La mano que mi padre le tendió lo sorprendió, y el gesto de estrechársela le salió inseguro, forzado; luego, cuando descorchó el vino y llenó los vasos, se sintió de nuevo en su terreno.

Bruno tenía que enseñarme algo, así que los dejamos bebiendo y nos fuimos a dar una vuelta. Observé con atención la alzada de la que tanto me había hablado. Poseía una nobleza antigua, que aún se notaba en los muros sin cemento, en algunas enormes piedras angulares, en las vigas de los tejados labradas a mano, y una miseria reciente, como una capa de grasa y polvo posada sobre todas las cosas. El refugio más largo servía de establo, estaba lleno de moscas y cubierto de estiércol hasta la puerta. En el segundo, con trapos tapando las ventanas rotas y el tejado remendado con trozos de chapa, vivían Luigi Guglielmina y sus herederos. El tercero era la bodega: fue el que me llevó a ver Bruno, y no la habitación en la que dormía. Tampoco en Grana me había invitado nunca a su casa.

Dijo:

—Estoy aprendiendo a ser quesero.

—¿O sea?

—El que hace el queso de cabra. Ven.

La bodega me sorprendió. Estaba fresca y umbrosa, era el único lugar realmente limpio de toda la alzada. Las gruesas estanterías de alerce habían sido lavadas hacía poco: ahí se curaban los quesos de cabra, con una costra húmeda de salmuera. Tan brillantes, redondos, ordenados, parecían expuestos para algún tipo de concurso.

—¿Los has hecho tú? —pregunté.

—No, no. De momento solo les doy la vuelta. Son bonitos, ¿eh?

—¿Cómo que les das la vuelta?

—Una vez a la semana los vuelvo hacia el otro lado y les repaso la sal. Luego lo lavo todo y ordeno el interior.

—Son bonitos —dije.

En cambio, fuera había bolsas de plástico, un rimero de leña medio podrido, una estufa de gasóleo, una bañera que hacía las veces de abrevadero y, en el suelo, mondas de patata y huesos roídos por los perros. No era solo falta de decoro: había cierto desprecio por las cosas, cierto gusto en maltratarlas y en abandonarlas, algo que estaba aprendiendo a reconocer también en Grana. Era como si aquellos lugares tuviesen el destino asignado y el mantenimiento no fuese sino un esfuerzo inútil.

Mi padre y el tío de Bruno iban por el segundo vaso de vino y los encontramos en plena charla sobre la economía de alzada. No cabía duda de que la había empezado mi padre, al que de las vidas ajenas le interesaba primordialmente su funcionamiento: cuántos animales, cuántas hectáreas de pastos, cuántos litros de leche al día, cuál era la producción de queso. Luigi Guglielmina estaba encantado de hablar con un hombre competente, y hacía las cuentas en voz alta para demostrarle que, con los precios que había y las absurdas reglas impuestas a los ganaderos, su trabajo ya no tenía sentido y que solo lo hacía por pasión.

Dijo:

—Cuando yo muera todo esto volverá a ser bosque. Entonces estarán contentos.

—¿A sus hijos no les gusta el oficio? —preguntó mi padre.

—Eh. Lo que no les gusta es deslomarse.

Más que escucharlo hablar de esa manera, lo que me chocó fue la profecía. Nunca había pensado que un prado hubiese sido un bosque, ni que pudiera serlo de nuevo. Observé a las vacas diseminadas al otro lado de la alzada y traté de imaginarme aquellos prados colonizados por los primeros arbustos, que luego crecían devorando toda señal de lo que había habido. Los canales, los muros, los senderos y, por último, también las casas.

Bruno ya había encendido la estufa que había al aire libre. Sin que nadie le dijese nada, fue a la bañera a llenar de agua una cacerola y se puso a pelar patatas con un pequeño cuchillo. Sabía hacer un montón de cosas: preparó pasta y la sirvió en la mesa junto con las patatas cocidas, el queso de cabra, la cecina y el vino. Entonces aparecieron sus primos, dos muchachos altos y fuertes, de unos veinticinco años, que se sentaron con nosotros, comieron con la cabeza gacha, nos miraron un minuto y luego se retiraron a dormir. El tío de Bruno los observó alejarse y en la mueca que le torcía los labios estaba todo el desprecio que les tenía.

Mi padre no se fijaba en esas cosas. Al final de la comida estiró la espalda, juntó las manos detrás de la nuca y elevó los ojos al cielo, como para disfrutar de un espectáculo. Fue justo lo que dijo: «¡Qué espectáculo!». Sus vacaciones estaban a punto de finalizar y ya había empezado a mirar las montañas con nostalgia. Aquel año no podría regresar a algunas cumbres. Teníamos varias sobre nuestras cabezas, solo pedregal, picos, espolones, cejos de torrenteras y cumbres partidas. Parecían las ruinas de una inmensa fortaleza destruida a cañonazos, cuyos restos tambaleantes debían aún terminar de derrumbarse: en efecto, podía ser un espectáculo solo para alguien como mi padre.

—¿Cómo se llaman estas montañas? —preguntó.

Pensé que era una pregunta rara, dado el mucho tiempo que pasaba delante del mapa que tenía colgado en la pared.

El tío de Bruno alzó la mirada como para ver si iba a llover, y con un gesto desganado dijo:

—Grenon.

—¿Cuál es el Grenon?

—Ese. Para nosotros es la montaña de Grana.

—¿Todas esas cumbres juntas?

—Claro. No les ponemos nombres a las cumbres. Es esta zona.

Después de haber comido y bebido, comenzaba a estar harto de nuestra presencia.

—¿Ha estado alguna vez? —insistió mi padre—. Arriba, quiero decir.

—De joven. Acompañaba a cazar a mi padre.

—¿Y ha estado en el glaciar?

—No. Nunca he tenido la oportunidad. Pero me habría gustado —reconoció el tío de Bruno.

—Pienso ir mañana —dijo mi padre—. Llevo al chico para que pise un poco de nieve. Si le parece bien, puedo llevar también al suyo.

Era a donde quería llegar. Luigi Guglielmina tardó un momento en comprender a qué se refería. ¿El mío? Hasta que se acordó de Bruno, que estaba jugando conmigo con uno de los perros, un cachorro nacido ese año, pero no nos perdíamos una palabra.

–¿Te apetece? –le preguntó.

–Sí, sí –dijo Bruno.

El tío arrugó la frente. Estaba más acostumbrado a decir no que sí. Pero a lo mejor se sintió atrapado por aquel extraño, o quizá, durante un instante, el chiquillo le dio pena.

–Pues ve –le dijo.

Luego tapó la botella y se levantó de la mesa, ya sin ganas de aparentar lo que no era.

El glaciar fascinaba al hombre de ciencia que había en mi padre, más que al alpinista. Le recordaba sus estudios de física y química, la mitología en la que se había formado. Al día siguiente, mientras ascendíamos al refugio Mezzalama, nos contó una historia que se parecía a uno de aquellos mitos: el glaciar, nos dijo a Bruno y a mí en el sendero, es la memoria de los anteriores inviernos que la montaña cuida por nosotros. Por encima de determinada altura guarda el recuerdo, y si queremos saber de un invierno lejano, a donde tenemos que ir es allá arriba.

–Se llama «cota de las nieves perpetuas» –explicó–. Es donde el verano no consigue derretir toda la nieve que cae en invierno. Una parte resiste hasta el otoño y luego queda enterrada por la nieve del invierno siguiente. Entonces queda a salvo. Debajo, poco a poco se transforma en hielo. Se convierte en un estrato de crecimiento del glaciar, tal como los anillos de los árboles, y si los contamos podemos averiguar su edad. Solo que un glaciar no se queda quieto en lo alto de la montaña. Se mueve. Durante todo el tiempo no hace más que resbalarse.

–¿Por qué? –pregunté.

−¿Tú por qué crees?

−Porque pesa −dijo Bruno.

−Exactamente −dijo mi padre−. El glaciar pesa, y la roca en la que se apoya es muy lisa. Por eso se desliza. Lentamente, pero sin detenerse. Desciende por la montaña hasta que llega a una cota donde hace demasiado calor para él. Se llama «cota de fusión». Está allí al fondo, ¿la veis?

Caminábamos por una morrena que parecía hecha de arena. Una lengua de hielo y detritos llegaba hasta debajo de donde estábamos, mucho más abajo que el sendero. La recorrían regueros de agua que se recogían en un pequeño lago opaco, metálico, gélido incluso en su aspecto.

−Esa agua de allí −dijo mi padre− no llega de la nieve de este invierno. Es nieve que la montaña ha conservado a saber durante cuánto tiempo. Es probable que el agua de ahora llegue de un invierno de hace cien años.

−¿Cien? ¿En serio? −preguntó Bruno.

−O quizá más. El cálculo es difícil. Habría que conocer exactamente la pendiente y la fricción. Se tarda menos haciendo una prueba.

−¿Cómo?

−Ah, eso es fácil. ¿Ves aquellas abras allá arriba? Mañana subimos, echamos dentro una monedita y luego nos sentamos en el torrente a esperar que llegue.

Mi padre rio. Bruno se quedó observando las abras y la lengua del glaciar, y se notaba que la idea lo fascinaba. Yo tenía menos interés que él en los antiguos inviernos. Sentía en el estómago que estábamos sobrepasando la cota a la que, las otras veces, terminábamos nuestros ascensos. También la hora era inusual: por la tarde nos habían caído unas gotas de lluvia, ahora que empezaba a anochecer entrábamos en la niebla. Fue muy extraño descubrir, al final de la morrena, un edificio de madera de dos plantas. Lo anunciaban los gases de escape de un generador a gasóleo. Y también un vocerío en un idioma que no conocía: la tarima de madera de la entrada, con infinidad de agujeros de puntas de crampones, estaba repleta de mochilas, cuerdas, jerséis y calcetines puestos a secar de alpinistas que pasaban con las botas desatadas y ropa interior en la mano.

El refugio estaba lleno esa noche. Pero nadie se quedaba fuera, si hacía falta, se utilizaban los bancos y las mesas como camas. Con diferencia, Bruno y yo éramos los más jóvenes de todos: fuimos de los primeros en cenar y para dejar el sitio libre subimos enseguida, a la habitación grande, donde compartimos una cama. Vestidos de la cabeza a los pies y debajo de un par de mantas ásperas, estuvimos largo rato esperando conciliar el sueño. Desde la ventana no veíamos estrellas ni los resplandores de la hondonada, sino solo las brasas de los cigarrillos de los que salían a fumar. Escuchábamos a los hombres que estaban abajo: después de la cena cotejaban los programas del día siguiente, hablaban del tiempo inestable o contaban de otras noches en un refugio y de antiguas hazañas. De vez en cuando me llegaba la voz de mi padre, que había pedido una botella de vino y se había unido a los demás. Como no tenía ninguna cumbre que conquistar, se había forjado una fama como el hombre que llevaba a dos chiquillos al glaciar, y ese papel lo enorgullecía. Había encontrado gente de su región con la que lo oía contar chistes en dialecto veneciano. Por timidez, me avergonzaba por él.

Bruno dijo:

—Cuántas cosas sabe tu padre, ¿eh?

—Pues sí —dije yo.

—Lo bueno es que te las enseña.

—¿Por qué, el tuyo no?

—No lo sé. Siempre parece que lo molesto.

Yo pensé que a mi padre se le daba bien hablar, pero que no sabía escuchar. Y que tampoco me prestaba atención, pues si lo hubiese hecho se habría dado cuenta de cómo me encontraba: había digerido mal la cena y habría sido preferible que no probase bocado, porque ahora tenía náuseas. El olor a sopa que subía de la cocina empeoraba las cosas. Aspiraba con fuerza para calmar el estómago y Bruno se dio cuenta.

—¿No te encuentras bien?

—No demasiado.

—¿Quieres que llame a tu padre?

—No, no. Se me pasará enseguida.

Me daba calor en la barriga con las manos. Lo que más deseaba era estar en la cama y oír a mi madre delante de la estufa. Permanecimos en silencio hasta que, a las diez, el encargado del refugio decretó el toque de queda, apagó el generador y el refugio quedó sumido en la oscuridad, y poco después aparecieron las linternas de los hombres que subían en busca de una cama. Mi padre, oliendo bastante a aguardiente, vino a verme: yo cerré los ojos y me hice el dormido.

Salimos antes del amanecer. Ahora la niebla cubría los valles que había a nuestros pies, el cielo estaba despejado, color nácar, y las estrellas se desvanecían a medida que aclaraba. No debía de faltar mucho para el alba: los alpinistas que se encaminaban hacia las cumbres habían salido hacía rato, los habíamos oído trajinar en plena noche, y ahora algunas de aquellas cordadas se divisaban muy arriba, no eran más que minúsculos náufragos en el blanco.

Mi padre nos enganchó los crampones que había alquilado y nos ató con cinco metros de separación entre uno y otro, primero él, luego Bruno y al final yo. Nos rodeó el pecho sobre el anorak con un giro complicado de la cuerda, pero como no había hecho nudos así en muchos años aquello resultó largo y engorroso. Por eso fuimos los últimos en abandonar el refugio: había que recorrer un tramo de pedregal, donde los crampones tropezaban y tendían a engancharse entre sí, la cuerda me impedía avanzar y me sentía torpe, cargado de demasiadas cosas. Pero la sensación cambió de golpe cuando pisé la nieve. De mi bautizo en la nieve recuerdo lo siguiente: una repentina firmeza en las piernas, las puntas de acero arañando la nieve dura, los crampones agarrándose perfectamente.

Me había despertado bastante bien, pero un rato después la tibieza del refugio se esfumó y volví a sentir náuseas. Mi padre, delante, tiraba del grupo. Veía que tenía prisa. Pese a que afirmaba que solo quería dar una vuelta, yo creía que albergaba la secreta esperanza de alcanzar alguna cumbre para sorprender a los otros alpinistas apareciendo allí con nosotros. Pero a mí me costaba avanzar. Entre un paso y otro era como si una mano me retorciese el estómago. Cuando paraba para tomar aliento, la cuerda que me separaba de Bruno se tensaba, obligándolo también a él a parar; hasta que la tensión llegaba a mi padre, que se volvía contrariado a mirarme.

–¿Qué ocurre? –preguntaba. Creía que me hacía el remolón–. Adelante, venga.

Cuando salió el sol, tres sombras negras aparecieron en el glaciar a nuestro lado. Entonces la nieve perdió su

tono azul y se volvió de un blanco cegador, y casi enseguida comenzó a ceder bajo los crampones. Abajo, las
nubes se hinchaban al calor de la mañana y hasta yo me
daba cuenta de que pronto se elevarían como el día anterior. La idea de llegar a alguna parte era cada vez menos
realista, pero mi padre no era de los que podían aceptar
algo así y renunciar: al revés, se empeñó en seguir. En un
momento dado dio con un abra, calculó a ojo la distancia, la cruzó con paso firme; luego plantó el piolet en la
nieve y envolvió la cuerda alrededor del mango para tirar
de Bruno.

Yo ya no sentía el menor interés por lo que hacíamos.
El amanecer, el glaciar, las cadenas de cumbres que nos
rodeaban, las nubes que nos separaban del mundo: toda
aquella belleza inhumana me era indiferente. Lo único
que deseaba era que alguien me dijese cuánto nos quedaba de camino. Llegué al borde del abra en el instante
en que Bruno, delante de mí, se asomaba para mirar hacia abajo. Mi padre le dijo que respirase hondo y saltase.
Mientras esperaba mi turno, me volví: debajo de nosotros,
hacia un lado, la pendiente de la montaña aumentaba y el
glaciar se partía en una escarpada cascada de seracs; más
allá de aquel amasijo de bloques rotos, caídos, amontonados, la niebla devoraba el refugio del que habíamos salido.
Creí entonces que no podríamos regresar, miré a Bruno
en busca de un apoyo y vi que ya estaba al otro lado del
abra. Mi padre lo felicitaba por el salto dándole palmadi-
tas en la espalda. Yo no, yo nunca sería capaz de cruzar:
mi estómago se rindió y vomité el desayuno en la nieve.
Fue así como mi mal de altura dejó de ser un secreto.

Mi padre se asustó. Vino a ayudarme alarmado, saltando de nuevo el abra y enrollando las cuerdas que nos
unían a los tres. Su miedo me sorprendió, pues había

esperado que se enfadara, pero entonces no me daba cuenta de los riesgos que había corrido llevándonos allí: teníamos once años e íbamos al glaciar con mal tiempo, mal equipados, solo por su obstinación. Sobre el mal de altura sabía que el único remedio consistía en descender de cota, y no dudó en hacerlo. Invirtió la cordada de manera de que yo fuese delante y pudiese parar cuando me sintiese mal: ya no tenía nada en el estómago pero de vez en cuando me daban arcadas, y solo escupía baba.

Poco después entramos en la niebla. Mi padre, desde el final de la cordada, me preguntó:

—¿Cómo te encuentras? ¿Te duele la cabeza?

—Creo que no.

—¿Y qué tal la barriga?

—Un poco mejor —respondí, aunque ahora me sentía sobre todo débil.

—Toma —dijo Bruno.

Me pasó un puñado de nieve que había estrujado con una mano hasta convertirla en un polo. Probé a chuparlo. En parte por eso y en parte por el alivio de la bajada, mi estómago empezó a calmarse.

Era una mañana de agosto de 1984. Es mi último recuerdo de aquel verano: al día siguiente Bruno regresaría a la alzada y mi padre a Milán. Pero en ese momento los tres estábamos en el glaciar, juntos, como no volvería a ocurrir más, unidos por una cuerda, nos gustase o no.

Yo me tropezaba con los crampones y no conseguía caminar recto. Bruno venía detrás de mí y, al cabo de un minuto, por encima de nuestros pasos en la nieve, empecé a oír su «oh, oh, oh». Era la cantilena con la que llevaba las vacas de vuelta al establo. «Eh, eh, eh. Oh, oh, oh.» La estaba usando para llevarme a mí al refugio, ya que no me sostenía en pie: yo me encomendé a esa cantinela y dejé que mis piernas cogiesen su ritmo, de manera que ya no necesitaba pensar en nada.

—Pero ¿has visto qué abra? —me preguntó—. Coño, menuda caída.

No respondí. Todavía tenía grabado en los ojos el momento en que los había visto al otro lado, juntos y exultantes como padre e hijo. Ahora la niebla y la nieve formaban una blancura uniforme delante de mí, y solo procuraba no caer. Bruno no dijo nada más y siguió canturreando.

3

En aquellos años el invierno se convirtió para mí en la estación de la nostalgia. Mi padre detestaba a los esquiadores, no quería mezclarse con ellos: le parecía que había algo ofensivo en el juego de descender la montaña sin tener que hacer el esfuerzo de ascenderla, por una pendiente allanada por excavadoras y provista de un cable con motor. Los despreciaba porque llegaban en masa y a su paso no dejaban sino destrozos. A veces, en verano, podías encontrar un telesilla inmóvil en una torre o un tractor parado en una pista sin nieve, o bien los restos de una estación abandonada a alta cota o una rueda oxidada encima de un bloque de cemento en medio del pedregal.

–Habría que poner una bomba –decía mi padre, y no bromeaba.

Ese era también el estado de ánimo con el cual, en Navidad, miraba en televisión los informativos sobre las vacaciones de los esquiadores. Miles de ciudadanos invadían los valles alpinos, hacían cola en las mismas instalaciones y bajaban a toda velocidad por nuestros senderos, y él se apartaba del mundo encerrándose en el piso de Milán. Mi madre le propuso en una ocasión que me llevase a Grana un domingo, solo para que la viese con nieve, y mi padre respondió con sequedad: «No. No le gustaría». En invierno la montaña no estaba hecha para los hombres y había que dejarla en paz. En su filosofía del ascenso y el descenso, de la huida hacia la altura de las cosas que te atormentan abajo, a la estación de la ligereza necesariamente le seguía la de la seriedad, es decir, el tiempo del trabajo, de la vida en la llanura y del humor de perros.

Así, ahora también yo conocía la nostalgia de la montaña, el mal que, sin comprender, le había visto padecer durante años. Ahora yo también podía quedar hechizado cuando viera surgir la Grigna al fondo de un bulevar. Releía las páginas de la guía del Club Alpino Italiano como si fuese un diario, me empapaba de su prosa de otra época y me hacía la ilusión de que recorría los senderos paso a paso: «ascendiendo por empinadas peñas herbosas hasta unos pastos en desuso», «y desde aquí, prosiguiendo por derrubios y restos de neveros», «para luego conducirnos a la cumbre más alta, cerca de una acusada hondonada». Pero, mientras tanto, mis piernas palidecían, se recuperaban de los arañazos y las costras y se olvidaban del picor de las ortigas, del hielo en un riachuelo sin calcetines ni zapatos, del alivio de las sábanas después de una tarde de sol implacable. Nada, en la ciudad en invierno, me conmovía con la misma intensidad. La observaba desde el otro lado de un filtro que a mis ojos la volvía borrosa y descolorida, apenas una nebulosa de personas y automóviles que había que cruzar dos veces al día; y cuando miraba el bulevar desde la ventana, los días de Grana me parecían tan lejanos que me preguntaba si realmente habían existido. ¿Acaso me los había inventado, no había hecho otra cosa que soñar con ellos? Hasta que percibía otro filo de luz en la terraza, un brote en la hierba seca entre los carriles de la carretera, la primavera volvía incluso a Milán y la nostalgia se convertía en espera de que llegase el momento de regresar a la montaña.

Bruno esperaba ese día con mi misma ansiedad. Solo que yo me marchaba y regresaba, él se quedaba: creo que permanecía observando las curvas de la carretera desde algún punto, porque me venía a buscar apenas una hora después de nuestra llegada. «¡Berio!», gritaba desde el patio. Era el nombre con el que me había rebautizado. «¡Sal, venga!», decía sin siquiera saludarme, como si acabásemos de vernos el día anterior. Y era verdad: los últimos meses se borraban de golpe y nuestra amistad parecía vivir un único e infinito verano.

Pero Bruno, entretanto, crecía más rápidamente que yo. Casi siempre estaba sucio del establo y se negaba a entrar en la casa. Esperaba en la terraza, apoyado en la baranda en la que ninguno de nosotros se apoyaba, porque se balanceaba en cuanto se tocaba y estábamos seguros de que un día u otro cedería. Miraba hacia atrás, como para ver si alguien lo había seguido hasta allí: había dejado solas a sus vacas, y a mí me sacaba de mis libros, para unas aventuras que no quería estropear con palabras.

—¿Adónde vamos? —preguntaba yo mientras me ataba las botas.

—A la montaña —se limitaba a responder con el tono burlón que le salía, a lo mejor el mismo con el que respondía a su tío.

Mi madre confiaba en mí, lo repetía con frecuencia: que se quedaba tranquila porque sabía que no haría nada malo. Nada malo, no imprudente o tonto, como si se refiriese a otros peligros que correría en la vida. No me ponía prohibiciones ni me daba consejos para dejarme marchar.

Ir a la montaña con Bruno no tenía nada que ver con las cumbres. Sí que tomábamos un sendero, entrábamos en el bosque, subíamos corriendo una media hora, pero luego, en un punto que solo conocía él, dejábamos el camino trillado y seguíamos por otro. A lo mejor ascendíamos por un barranco, o bien atravesábamos una espesura de abetos. Para mí era un misterio cómo hacía para orientarse. Caminaba rápido, siguiendo un mapa interior que le indicaba pasos donde yo solo veía un ribazo desmoronado o una peña demasiado escarpada. Pero justo al final, entre dos pinos torcidos, en la roca había una hendidura por la que podíamos subir y un resalte que antes no se veía nos permitía cruzar cómodamente. Algunos de esos caminos habían sido abiertos a punta de pico. Cuando le preguntaba quién los había usado, respondía «Los mineros», o bien «Los guardabosques», señalándome pruebas en las que yo no había reparado. O un teleférico, desvencijado e invadido por la maleza. La tierra aún negra de fuego, apenas debajo de una capa más seca, donde antaño hubo una carbonera. Por todo el bosque había excavaciones, cúmulos y escorias así, que Bruno me traducía como los signos de una lengua muerta. Y junto con aquellos signos me enseñaba un dialecto que me parecía más certero que el italiano, como si en la montaña tuviera que reemplazar el idioma abstracto de los libros por el idioma concreto de las cosas ahora que las tocaba con la mano. El alerce: la *brenga*. El abeto rojo: la *pezza*. El pino cembro: la *arula*. Una roca saliente en la que puedes guarecerte de la lluvia era una *barma*. Una piedra era un *berio* y era yo, Pietro: me encantaba ese nombre. Cada torrente cortaba un valle y por eso se llamaba *valey*, y cada valle poseía dos laderas de carácter opuesto: un *adret* bien expuesto al sol, donde estaban los pueblos y los campos, y un *envers* húmedo y umbrío, dejado al bosque y a los animales selváticos. Pero, de los dos, el que preferíamos era el reverso.

Allí nadie nos molestaba y podíamos ir en busca de tesoros. En los bosques que rodeaban Grana había auténticas minas: túneles cerrados con tablas clavadas y ya violados por otros antes que por nosotros. Según Bruno, en la antigüedad se había extraído oro y buscado vetas en toda la montaña, pero no podían habérselo llevado todo, tenía que haber quedado algo. Así, nos metíamos en túneles ciegos, que acababan en nada a los pocos metros, y en otros más profundos, tortuosos y oscuros. El techo era tan bajo que a duras penas podíamos estar de pie. El agua que se filtraba por las paredes sugería que en cualquier momento todo podía desmoronarse: sabía que era peligroso y también que traicionaba la confianza de mi madre, porque no era nada inteligente meterse en aquella trampa, y hacerlo me causaba un sentimiento de culpa que echaba por tierra todo el placer. Habría querido ser como Bruno y tener el valor de rebelarme claramente, aceptando el castigo con la cabeza alta. En cambio, yo desobedecía a escondidas, me salía con la mía y me avergonzaba. Pensaba en todo eso mientras me empapaba los pies en los charcos. Nunca encontrábamos oro: antes o después un derrumbe obstruía el túnel o este quedaba demasiado a oscuras para seguir, y no teníamos más remedio que volver sobre nuestros pasos.

Nos recuperábamos de la decepción saqueando alguna que otra ruina en el camino de regreso. Refugios de pastores que encontrábamos en el bosque, construidos con lo que había allí, semejantes a madrigueras. Bruno fingía que las descubría conmigo. Creo que conocía de memoria cada una de aquellas cabañas selváticas, pero siempre era preferible abrir de un empujón una puerta como si fuese la primera vez. Del interior hurtábamos un tazón abollado o la hoja carcomida de una hoz, imaginándonos que eran restos de gran valor, y en el pueblo, poco antes de separarnos, nos repartíamos el botín.

Por la noche mi madre me preguntaba dónde habíamos estado.

—Por ahí, de paseo —respondía, encogiéndome de hombros.

Ante la estufa, le daba pocas alegrías.

—¿Has visto algo bonito?

—Claro, mamá, el bosque.

Ella me miraba con melancolía, como si me estuviese perdiendo. Creía realmente que el silencio entre dos personas era el origen de todos los problemas.

—Yo me conformo con saber que estás bien —se rendía, dejándome con mis pensamientos.

En cambio, en la otra batalla que combatía en Grana se mantenía firme. Desde el principio se había tomado la instrucción de Bruno como un asunto personal, pero sabía que no podía hacerlo todo sola, debía entablar alianzas con las mujeres de su familia. Había comprendido que la madre no iba a ayudarla, así que se concentró en la tía. Mi madre trabajaba así: llamando a las puertas, entrando en las casas, regresando con amabilidad y obstinación, hasta que la tía se comprometió a mandarlo al colegio durante el invierno y a nuestra casa en verano para que hiciese los deberes. Ya era un triunfo. Ignoro lo que pensaba el tío, puede que en la alzada nos maldijera a todos. O puede que, en realidad, ese hijo no le importara mucho a nadie.

Así recuerdo las largas horas que pasé con Bruno en nuestra cocina, repasando historia y geografía mientras fuera nos esperaban el bosque, el torrente, el cielo. Lo enviaban con nosotros tres veces a la semana, en esas ocasiones lavado y bien vestido. Mi madre le hacía leer en voz alta mis libros —Stevenson, Verne, Twain, London— y después de la clase se los dejaba para que avanzase y se ejercitase mientras estaba en el prado con las vacas. A Bruno le gustaban las novelas, pero lo pasaba mal con la gramática: para él era como estudiar un idioma extranjero. Y cuando yo veía que se bloqueaba con las reglas del italiano, que se equivocaba con la ortografía de una palabra o balbucía un subjuntivo, me sentía humillado por él y me irritaba con mi madre. No me parecía nada justo lo que le imponíamos. Pero Bruno no protestaba ni se quejaba. Comprendía lo importante que era aquello para ella, pues probablemente nunca se habían preocupado por él, y se empeñaba en aprender.

En verano pocas veces podía venir a andar con nosotros, y cuando lo hacía eran para él días de vacaciones, la recompensa al esfuerzo del estudio: bien fuese una cumbre a la que mi padre nos llevaba o solo un prado donde mi madre extendía una manta para comer. Entonces veía que en Bruno se producía una transformación. Indisciplinado por naturaleza, se adecuaba a las reglas y a los rituales de nuestra familia. Y mientras que conmigo se comportaba como un adulto, con mis padres retrocedía felizmente a su verdadera edad: por mi madre se dejaba alimentar, vestir, acariciar, por mi padre sentía un respeto rayano en la admiración. Lo notaba en la manera como lo seguía por el sendero, en la manera en que lo escuchaba en silencio cuando explicaba algo. Eran momentos normales en la vida de una familia, pero Bruno nunca los había vivido, y una parte de mí se enorgullecía como si fuesen regalos que yo le hacía. Mi otra parte lo observaba con mi padre, veía que se entendían a la perfección y notaba que podría ser un buen hijo para él; quizá no mejor que yo, aunque, en cierto modo, más justo. Todo en él eran preguntas y no dudaba en hacérselas. Poseía la seguridad necesaria para granjearse la confianza de mi padre y unas piernas que podían llevarlo a cualquier parte. Me venían esos pensamientos, luego los espantaba como si tuviese que avergonzarme de ellos.

Resultó que Bruno aprobó primero, segundo y tercero de la intermedia, pero con un discreto cinco. Eso le pusieron en la libreta de calificaciones: «discreto» cinco. Fue una noticia tan grande en su casa que la tía telefoneó enseguida a Milán para contárnosla. Vaya palabra, pensé: quién la habrá elegido, qué querrá decir. Pues de discreto Bruno no tenía nada. Pero mi madre estaba contentísima, y cuando fuimos a Grana le llevó un premio: una caja de cinceles y gubias para tallar madera. Luego comenzó a preguntarse qué más podía hacer por él.

Llegó el verano de 1987 y de nuestros catorce años. Durante un mes nos dedicamos a la exploración metódica del torrente. No desde lo alto de sus orillas ni por los senderos que aquí y allá lo cruzaban desde el bosque, sino por el agua, por la corriente, saltando de una roca a otra o bien vadeándolo. De barranquismo, si ya existía en aquella época, no habíamos oído hablar, y, en cualquier caso, nosotros lo hacíamos al revés: desde el puente de Grana hacia arriba, ascendiendo por el cañón. Pasado el pueblo nos adentrábamos en una larga garganta de aguas tranquilas, a la sombra de sus orillas cuajadas de vegetación. Grandes charcas infestadas de insectos, enmarañados troncos hundidos, viejas truchas recelosas que se esfumaban a nuestro paso. Más arriba el problema era la pendiente, que hacía que la corriente fuera impetuosa y el recorrido una sucesión de saltos y cascadas. Donde no podíamos trepar colocábamos en el rápido una cuerda o un tronco caído, que desplazábamos por el agua hasta encajarlo entre las rocas para que nos sirviese de escalera. A veces, una sola cascada nos suponía horas de trabajo. Pero eso era lo bonito del asunto. Proyectábamos resolver los pasos de uno en uno para luego enlazarlos todos, a fin de ascender a lo largo del torrente en un día glorioso de finales de verano.

Pero antes teníamos que descubrir dónde nacía. A mediados de agosto ya habíamos sobrepasado las tierras del tío de Bruno. Había un gran afluente del que la alzada recogía el agua, y después de esa bifurcación un último puente rudimentario, apenas un par de tablones que hacían las veces de pasarela; a partir de ahí el torrente se reducía y ya no presentaba la menor dificultad. Cuando el bosque raleó supe que estábamos llegando a los dos mil metros. Los alisos y los abedules desaparecían de las orillas, todos los otros árboles dejaban su lugar al alerce y encima de nuestras cabezas se abría aquel mundo de piedra que Luigi Guglielmina había llamado Grenon. El lecho del torrente dejó entonces de ser un surco moldeado por el agua, y se convirtió únicamente en pedregal. El agua, literalmente, desapareció bajo nuestros pies. Allí salía de las piedras, entre las raíces retorcidas de un enebro.

No me había imaginado de aquella manera mi manantial, y me sentí decepcionado. Me volví hacia Bruno, que venía unos pasos detrás de mí. Llevaba toda la tarde sin hablar, sumido en algún pensamiento. Cuando se ponía así, yo no sabía hacer otra cosa que caminar en silencio y esperar a que se le pasase.

Pero en cuanto vio el manantial se puso alerta. Enseguida comprendió mi decepción. «Espera», dijo. Me mandó callar con un gesto y se quedó escuchando. Luego se tocó una oreja y señaló el pedregal que había a nuestros pies.

Ese día el aire no estaba inmóvil como en pleno verano. Sobre las piedras tibias soplaba un viento más frío que, al pasar entre las plantas marchitas, arrastraba nubes de semillas blandas y agitaba las hojas. Agucé el oído y, junto con ese soplo, oí un gorgoteo. Distinto del que hace el agua a la luz del sol, un ruido más bajo y profundo. Parecía que llegaba de debajo del pedregal. Comprendí lo que era y subí más para seguirlo, para ir tras el agua que oía y no veía, como un zahorí. Bruno, que ya sabía qué habíamos encontrado, me dejaba avanzar.

Lo que habíamos encontrado era un lago, oculto en una cuenca a los pies del Grenon. Medía doscientos o trescientos metros de ancho, el más grande que había visto jamás en la montaña, y su forma era circular. Lo bueno de los lagos alpinos es que no te los esperas cuando asciendes si no sabes que existen, y no los ves hasta que no das un último paso, cruzas por encima del borde y entonces, ante tus ojos, de golpe, surge un paisaje nuevo. La cuenca era puro pedregal en el lado que daba el sol y, a medida que la vista se volvía hacia la sombra, primero se cubría de sauces y rododendros y luego de nuevo de bosque. En el centro estaba el lago. Ahora que lo observaba, podía entender cómo había nacido: el antiguo desprendimiento que se veía desde la alzada del tío de Bruno había cerrado el cañón como un dique. Así, después del desprendimiento, se había formado el lago, que recogía el agua de fusión de los neveros de alrededor, y en la cuenca la misma agua ascendía de nuevo a la superficie tras filtrarse en el pedregal para convertirse en nuestro torrente. Me gustaba que naciese de esa manera, me parecía un origen digno de un gran río.

—¿Cómo se llama este lago? —pregunté.

—Yo qué sé —dijo Bruno—. Grenon. Aquí todos se llaman así.

Tenía el humor de antes. Se sentó en la hierba y yo me quedé de pie, a su lado. Era más fácil mirar el lago que mirarnos: unos metros más allá surgía del agua una roca que parecía una isleta, y que valía para distraer la vista en algo.

—Tus padres han hablado con mi tío —dijo Bruno al cabo de un rato—. ¿Lo sabías?

—No —mentí.

—Qué raro. De todos modos, no entiendo nada.

—¿Sobre qué?

—Sobre los secretos que tenéis entre vosotros.

—¿Y de qué han hablado con tu tío?

—De mí —respondió.

Entonces me senté a su lado. Lo que luego contó no me sorprendió en absoluto. Era algo que mis padres discutían desde hacía tiempo y no necesitaba pegar la oreja a las puertas para conocer sus intenciones: el día anterior le habían propuesto a Luigi Guglielmina llevarnos a Bruno con nosotros en septiembre. Llevarlo a Milán. Le habían propuesto alojarlo en nuestra casa y matricularlo en una escuela de formación técnica o profesional, o en la que prefiriese. Habían pensado en un año de prueba: si Bruno no se adaptaba podía renunciar y volver a Grana al año siguiente; en caso contrario, mis padres estarían encantados de tenerlo con nosotros hasta que obtuviese el título. En ese momento decidiría él, libremente, qué hacer con su vida.

En el relato de Bruno podía también oír la voz de mi madre. «Tenerlo con nosotros.» «Libremente.» «Con su vida.»

Dije:

—Tu tío jamás aceptará.

—Pues resulta que sí —dijo Bruno—. ¿Y sabes por qué?

—¿Por qué?

—Por el dinero.

Arañó la tierra con un dedo, extrajo una piedrecita y añadió:

—¿Quién paga? Eso es lo único que le importa a mi tío. Tus padres le han dicho que ellos se encargan de todo. Manutención, alojamiento, instituto, absolutamente todo. Para él es un chollo.

—¿Y tu tía qué dice?

—A ella le parece bien.

—¿Y tu madre?

Bruno refunfuñó. Lanzó la piedrecita al agua. Era tan pequeña que no hizo ningún ruido.

—Qué dice mi madre. Lo de siempre. Nada de nada.

Había una capa de barro seco sobre las rocas de la orilla. Una costra negra de un palmo que revelaba la altura que había alcanzado el lago en primavera. Ahora los glaciares que lo alimentaban se habían reducido a manchas grises en los barrancos, y si el verano duraba acabarían desapareciendo del todo. Sin nieve, a saber qué sería del lago.

—¿Y tú? —pregunté.

—¿Yo qué?

—¿Te gustaría?

—¿Ir a Milán? —dijo Bruno—. Yo qué sé. ¿Sabes que intento imaginármelo desde ayer? Y que no lo consigo, ni siquiera sé cómo es.

Guardamos silencio. Yo, que sabía cómo era, no precisaba imaginarme nada para revolverme contra aquella idea. Bruno odiaría Milán y Milán destrozaría a Bruno, como cuando su tía lo lavaba y vestía y lo mandaba a nuestra casa para que aprendiese los verbos. Yo no entendía por qué se empeñaban en transformarlo en lo que no era. ¿Qué les parecía mal de que se dedicase a pastorear vacas el resto de su vida? No comprendía que mi pensamiento era terriblemente egoísta, pues en realidad no atañía a Bruno, a sus deseos, a su futuro, sino solo al uso que quería seguir haciendo de él: de mi verano, de mi amigo, de mi montaña. Esperaba que nunca cambiara nada allá arriba, ni siquiera las ruinas quemadas o los montones de estiércol que había en el camino. Que él y las ruinas y el estiércol permaneciesen siempre iguales, paralizados en el tiempo, esperándome.

—A lo mejor tendrías que decírselo —propuse.

—¿Qué?

—Que no quieres ir a Milán. Que quieres quedarte aquí.

Bruno se volvió a mirarme. Enarcó las cejas. No se esperaba ese consejo de mí. Él quizá pensaba lo mismo, pero no le hacía gracia que lo pensase yo.

—¿Estás loco? —dijo—. Yo no me quedo aquí. Llevo toda la vida subiendo y bajando esa montaña.

Luego se puso de pie, allí en el prado donde estábamos, puso las manos alrededor de la boca y gritó:

—¡Oh! ¿Me oyes? ¡Soy yo, Bruno! ¡Y me voy!

Desde la orilla opuesta del lago la pendiente del Grenon nos devolvió el eco de su grito. Oímos desplomarse unas piedras. El grito había molestado a unas gamuzas que ahora trepaban por el pedregal.

Bruno me las señaló. Pasaban por entre rocas que las hacían casi invisibles, pero cuando cruzaron un nevero pude contarlas. Era una pequeña manada de cinco ejemplares. Ascendieron por aquella mancha de nieve en fila india, llegaron a la cumbre y allí se detuvieron un momento, como para mirarnos una última vez antes de marcharse. Luego bajaron de una en una por la otra vertiente.

El cuatromil del verano tenía que ser el Cástor. Mi padre y yo escalábamos uno cada año, en el Monte Rosa, para concluir bien la temporada cuando ya nos encontrábamos perfectamente entrenados. En ningún momento dejé de ir al glaciar ni de sufrir sus consecuencias: solo me acostumbré a encontrarme mal y a que el malestar formase parte de aquel mundo, tanto como a despertarme antes del amanecer, a la comida liofilizada de los refugios o al graznido de los cuervos en alta cota. Era una forma de ir a la montaña que ya no tenía nada de aventura. Era una forma brutal de avanzar y de vomitar toda el alma. Odiaba ir, y no había vez que no odiara aquel desierto blanco, pese a lo cual me sentía orgulloso de mis cuatromiles como de otras tantas pruebas de valor. En 1985 el rotulador negro de mi padre había llegado a la Vincent, en 1986, a la Gnifetti. Él consideraba aquellas cumbres un entrenamiento. Había consultado con algún médico y estaba convencido de que el mal de altura me pasaría al crecer, de modo que en tres o cuatro años podríamos pensar en cosas serias, como en cruzar los Lyskamm o los picos del Dufour.

Pero del Cástor, más que la larga cumbre, recuerdo la vigilia en el refugio, y a él y a mí a solas. Un plato de pasta, medio litro de vino en la mesa, los alpinistas sentados al lado hablando entre ellos, las caras enrojecidas por el cansancio y el sol. El pensamiento del día siguiente creaba en la sala una especie de recogimiento. Delante de mí, mi padre hojeaba el libro de huéspedes, que en el refugio era su lectura preferida. Hablaba bien alemán y entendía francés, y de vez en cuando me traducía un pasaje de las lenguas de los Alpes. En el libro, alguien había regresado a una cumbre treinta años después y daba gracias a Dios. Otro extrañaba a un amigo. Esas cosas lo afectaban, hasta el punto de que cogió el bolígrafo y se sumó a aquel diario colectivo.

Cuando se levantó para que le rellenaran la garrafa, eché un vistazo a lo que había escrito. Tenía una letra compacta y nerviosa, difícil de descifrar si no la conocías. Leí: «Aquí, con mi hijo Pietro, de catorce años. Será la última vez que vaya de cabeza de cordada, porque dentro de poco él tirará de mí. Pocas ganas de volver a la ciudad, pero me llevo el recuerdo de estos días como el del mejor refugio». Firmado: Giovanni Guasti.

Aquellas palabras, en lugar de conmoverme o enorgullecerme, me irritaron. Me parecía que había en ellas algo falso y sentimental, una retórica de la montaña que no se correspondía con la realidad. Si aquello era un paraíso, ¿por qué no nos quedábamos a vivir en él? ¿Por qué nos llevábamos a un amigo que había nacido y crecido allí? Y si la ciudad daba asco, ¿por qué lo obligábamos a vivir con nosotros? Eso era lo que me habría gustado preguntarle a mi padre. Y también a mi madre, para el caso. ¿Cómo podéis estar tan seguros de saber qué es lo más conveniente para la vida de otro? ¿Cómo no se os ocurre suponer que él puede saberlo mejor?

Pero cuando mi padre volvió estaba contentísimo. Era su antepenúltimo día de vacaciones, un viernes de agosto de sus cuarenta y cinco años, y se encontraba en un refugio alpino con su único hijo. Traía otro vaso, que llenó hasta la mitad para mí. Quizá, en su fantasía, ahora que me hacía mayor y se me quitaba el mal de altura, como padre e hijo nos convertiríamos en otra cosa. En compañeros de cordada, como había escrito en el libro. En compañeros de bebida. A lo mejor, realmente nos imaginaba así, dentro de unos años, sentados a una mesa a tres mil quinientos metros, bebiendo vino tinto mientras estudiamos los mapas de los senderos, ya sin ningún secreto.

–¿Qué tal la barriga? –me preguntó.

–Bastante bien.

–¿Y las piernas?

–Perfectamente.

–Estupendo. Entonces, mañana nos lo pasaremos de miedo.

Mi padre levantó el vaso. Yo hice lo mismo, probé el vino y me gustó. Mientras daba un trago, el hombre que estaba sentado al lado rompió a reír, dijo algo en alemán y me soltó una palmada en la espalda, como si acabase de entrar en la gran familia de los hombres y me estuviese dando la bienvenida.

A la noche siguiente volvimos a Grana como supervivientes del glaciar. Mi padre con la camisa abierta, la mochila en un hombro y cojeando por las ampollas que le habían salido en los pies; yo con un hambre canina porque en cuanto descendíamos mi estómago se daba cuenta de que llevaba dos días vacío. Mi madre nos esperaba con un baño caliente y la cena servida en la mesa. Más tarde llegaría el momento de los relatos, en los que mi padre intentaba describirle los colores del hielo en las abras, el vértigo en las paredes que daban al lado norte, el encanto de las cornisas de nieve en las cumbres, mientras que yo tenía de todas aquellas visiones recuerdos borrosos, ofuscados por la náusea.

Pero aquella noche no llegamos a contar nada. Me disponía a bañarme cuando oí que un hombre vociferaba en el patio. Me acerqué a la ventana y descorrí la cortina: vi a un tipo gesticulando y gritando palabras que no entendía. Fuera solo estaba mi padre. Había tendido los calcetines en la terraza y ahora se lavaba los pies doloridos en el abrevadero, así que se apartó del borde del pilón para encarar a aquel desconocido.

Lo primero que pensé fue que se trataba de un ganadero enfurecido por el uso de su agua. En Grana se inventaban cualquier pretexto para meterse con los forasteros. Era fácil reconocer a los lugareños: todos gesticulaban igual, poseían los mismos rasgos, sobre todo, entre la frente y los pómulos, ojos celestes. Ese hombre era más bajo que mi padre, pero tenía manos grandes y brazos musculosos, desproporcionados con su cuerpo. Lo asió por los bordes de la camisa, un poco por debajo del cuello. Daba la impresión de que quería levantarlo en vilo.

Mi padre extendió los brazos. Lo veía por detrás y me imaginé que decía: tranquilo, tranquilo. El hombre murmuró una palabra, descubriendo una dentadura destrozada. También tenía la cara destrozada, yo no sabía por qué motivo, pues aún era demasiado joven para reconocer la cara de un alcohólico. Hizo una mueca como la de Luigi Guglielmina y en ese momento me di cuenta de lo mucho que se le parecía. Mi padre empezó a gesticular despacio. Comprendí que se estaba explicando y, conociéndolo, sabía que sus argumentos eran irrefutables. El hombre bajó la mirada, como yo hacía siempre. Parecía que había reflexionado, pero seguía sujetando a mi padre por el cuello. Mi padre entonces puso las palmas boca arriba, como diciendo: bueno, ¿ha quedado claro? ¿Y qué hacemos ahora? Resultaba un poco ridículo verlo descalzo en semejante trance. Por encima de las piernas pálidas y debajo de las rodillas, donde le quedaban las marcas de los calcetines, tenía una breve franja de piel color escarlata, la zona que los pantalones bombachos dejaban al aire. Él, un ciudadano instruido, seguro de sí mismo, acostumbrado a decir a los demás lo que debían hacer, que acababa de quemarse las pantorrillas en el glaciar, trataba de razonar con un montañés borracho.

El hombre decidió que tenía suficiente. De improviso, sin decir nada, bajó la mano derecha, apretó el puño y le atizó a mi padre un golpe a la altura de la sien. Era la primera vez en mi vida que veía un puñetazo de verdad. El ruido de los nudillos en el pómulo llegó hasta el interior del cuarto de baño, seco como un leñazo. Mi padre retrocedió dos pasos, se tambaleó, consiguió no caerse al suelo. Pero enseguida el otro lo rodeó con los brazos y se le encorvaron un poco los hombros. Era la espalda de un hombre muy triste. El otro todavía le dijo algo antes de marcharse, una amenaza o una promesa y, al final, no me sorprendió verlo dirigirse hacia la casa de los Guglielmina. Durante ese breve enfrentamiento había comprendido quién era.

Había vuelto para reclamar lo que era suyo. Lo que no sabía es que se había enfadado con la persona equivocada. Pero, en el fondo, no cambiaba nada: ese puñetazo fue dado a la cara de mi padre para que quedase perfectamente claro en la cabeza de mi madre. Fue la irrupción de la realidad en su idealismo, y quizá también en su arrogancia. Al día siguiente, Bruno y su padre desaparecieron de la circulación; al mío, el ojo izquierdo se le hinchó y se le puso azul. Pero no creo que fuese eso lo que le hiciera más daño, cuando, de noche, cogió el coche y se marchó a Milán.

La semana siguiente era para nosotros la última en Grana. La tía de Bruno vino a hablar con mi madre, abatida, cautelosa, preocupada, quizá sobre todo por perder a unos inquilinos fieles como nosotros. Mi madre la tranquilizó. Ya estaba pensando en cómo evitar los daños, en salvar las relaciones laboriosamente construidas.

Para mí fue una semana interminable. Llovía con frecuencia: una capa de nubes bajas ocultaba las montañas y a veces clareaba, descubriendo las primeras nieves hacia los tres mil metros. Me habría encantado ir por un sendero de los que conocía y subir a pisar nieve sin pedirle nada a nadie. Pero me quedé en el pueblo, pensando en lo que había visto y en lo que había experimentado, hasta que el domingo cerramos la casa y también nos marchamos.

4

Aquel puñetazo no me lo quité de la cabeza hasta que, un par de años después, me atreví a dar uno. En realidad, fue el primero de varios, y los más fuertes los daría en la llanura después, pero ahora me parece adecuado que mi edad rebelde empezara en la montaña, como todo lo que ha sido importante para mí. El hecho en sí mismo no significaba nada: tenía dieciséis años y un día mi padre decidió llevarme a dormir en tienda de campaña. Había comprado una vieja y pesadísima en algún puesto de objetos militares. Pretendía plantarla en la orilla de un pequeño lago, pescar un par de truchas sin que lo sorprendieran los forestales, encender una hoguera cuando anocheciera y asar ahí los pescados, y luego, a lo mejor, quedarnos hasta tarde bebiendo y cantando delante de las brasas.

Nunca le había gustado acampar, así que yo tenía la sospecha de que planeaba algo más para mí. En los últimos tiempos me había recluido en un rincón desde el que observaba nuestra vida familiar con una mirada despiadada. Las costumbres inalterables de mis padres, los inofensivos arrebatos de mi padre y los trucos con los que mi madre los atajaba, los pequeños abusos y los subterfugios a los que ya recurrían sin darse cuenta. Él, emotivo, autoritario, intolerante; ella, fuerte, apacible y conservadora. La manera tranquilizadora de cumplir siempre el mismo papel a sabiendas de que el otro cumplirá el suyo: las suyas no eran verdaderas discusiones, sino interpretaciones cuyo final siempre preveía, y en aquella jaula yo también acababa encerrado. Me urgía huir de allí. Pero nunca me había atrevido a decírselo: nunca podía decir nada, de mi boca jamás salía una queja, y creo que fue precisamente por eso, para hacerme *hablar*, por lo que ahora había aparecido esa maldita tienda.

Después de comer mi padre extendió el material en la cocina y lo separó con el propósito de repartir la carga. Solo los palos y las piquetas pesarían diez kilos. Además, los sacos de dormir, los anoraks, los jerséis, la comida: las mochilas se llenaron enseguida. De rodillas en el suelo, mi padre empezó a estirar todas las correas y luego se puso a empujar, a apretar, a tirar, luchando con las masas y los volúmenes, y yo ya sentía que sudaba bajo aquella carga en el bochorno de la tarde. Pero no fue el peso lo que me pareció insoportable. Fue precisamente la escena que se había imaginado él, o que se habían imaginado ambos: el fuego, el lago, las truchas, el cielo estrellado, toda aquella proximidad.

—Papá —dije—. Anda, déjalo.

—Espera, espera —dijo él, a la vez que, concentrado en el esfuerzo, metía algo en la mochila.

—No, lo digo en serio, es inútil.

Mi padre se detuvo y alzó la mirada. Su expresión era furiosa por el esfuerzo, y por la manera en que me escrutaba me sentí otra mochila hostil, otra correa que se negaba a obedecerlo.

Me encogí de hombros.

Para mi padre, que guardara silencio significaba que podía hablar él. Relajó la frente y dijo:

—Podemos quitar algo. ¿Quieres echarme una mano?

—No —respondí—. Es que no quiero.

—¿Qué es lo que no quieres, la tienda?

—La tienda, el lago, todo.

—¿Cómo que todo?

—No me apetece. No voy.

No habría podido darle un disgusto mayor. Negarme a acompañarlo a la montaña: era inevitable que ocurriese antes o después, tenía que esperárselo. Pero de vez en cuando pienso que él, como no había tenido padre, no había lanzado ciertos ataques, de ahí que no estuviera preparado para recibirlos. Se sintió muy herido. A lo mejor habría podido hacerme otras preguntas y habría sido la ocasión de que escuchara lo que tenía que decir, pero se ve que no era capaz, o que no le parecía necesario, o que en ese momento se sentía demasiado ofendido para pensarlo. Dejó allí mochilas, tienda y sacos de dormir y se fue solo a caminar. Para mí fue una liberación.

A Bruno le había tocado un destino opuesto y ahora era albañil con su padre. Casi nunca lo veía. Trabajaban en alta montaña construyendo refugios y alzadas, y los días laborables se quedaban a dormir arriba. Nos veíamos el viernes o el sábado, no en Grana sino en algún bar de la hondonada. Yo disponía de todo el tiempo del mundo ahora que me había liberado de la obligación del alpinismo, y mientras que mi padre subía a las cumbres, yo iba a cotas bajas en busca de alguien de mi edad. Necesité hacerlo tan solo dos o tres veces para que me aceptaran en el grupo de los veraneantes: pasaba las tardes en los bancos de una cancha de tenis o en las mesas de un bar, confiando en que nadie se diese cuenta de que no tenía un céntimo para consumir. Escuchaba las conversaciones, miraba a las chicas, de rato en rato levantaba la vista hacia las montañas. Reconocía los pastos y los minúsculos puntos blancos de los refugios encalados. El verde intenso de los alerces al que se sobreponía el verde oscuro de los abetos, el anverso y el reverso. Sabía que tenía poco que ver con aquellos chicos veraneantes, pero quería luchar contra mi instinto de aislarme, tratar de estar un rato con los demás y ver qué ocurría.

Luego, sobre las siete, los obreros, los albañiles, los ganaderos llegaban al bar. Bajaban de furgonetas y de todoterrenos, cubiertos de barro, de cal o de serrín, con los andares tambaleantes que aprendían desde niños, como si junto con el cuerpo tuviesen que desplazar siempre un gran peso. Se ponían en la barra a quejarse y despotricar, a decir piropos a las camareras y a invitar a rondas. Bruno era uno de ellos. Me había fijado que ahora tenía músculos y que le gustaba enseñarlos arremangándose la camisa. Tenía una colección entera de gorras y una billetera que le sobresalía del bolsillo de los vaqueros. Eso me chocaba más que todo lo otro: para mí, ganar dinero era una perspectiva muy lejana. Bruno lo gastaba sin siquiera contarlo, pagaba su ronda con un billete estrujado, imitando a los demás.

Sin embargo, en un momento dado, desde la barra, con el mismo gesto distraído se volvía hacia mí. Ya sabía que encontraría mis ojos. Me hacía un gesto con el mentón, al que yo respondía levantando los dedos de una mano. Nos mirábamos un segundo. Eso era todo. Nadie se daba cuenta, ni volvía a pasar a lo largo de la noche, y yo no estaba seguro de interpretar bien el significado de aquel saludo. Podía querer decir: me acuerdo de ti, te echo de menos. O bien: solo han pasado dos años pero parece una vida, ¿no crees? O quizá: oye, Berio, ¿qué diablos haces con esa gente? No sabía qué pensaba Bruno del enfrentamiento que habían tenido nuestros padres. Si lamentaba cómo había acabado todo o si, desde su punto de vista, aquel asunto le parecía lejano e irreal como me lo parecía a mí. No tenía un aspecto infeliz. Lo cierto es que el que podía parecer infeliz era yo.

Su padre estaba con él en el grupo de los bebedores, era uno de los que más gritaba y de los que tenía el vaso siempre vacío. Se dirigía a Bruno como si fuese uno más de sus compinches. Ese hombre no me gustaba, pero lo envidiaba por lo siguiente: no había nada evidente entre ellos, ni un tono de voz más brusco o afectuoso, ni un gesto de enfado, de confianza o de bochorno, y nadie habría dicho que eran padre e hijo.

No todos los muchachos del valle se pasaban el verano en el bar. Unos días después, uno de ellos me llevó a una zona situada más allá del río, a un pinar silvestre que ocultaba enormes peñascos, tan raros en aquel paisaje como unos meteoritos. Debía de haberlos empujado hasta allí el glaciar hacía infinidad de años. Después la tierra, las hojas y el musgo los habían cubierto, y los pinos habían crecido alrededor y encima, pero habían sacado a la luz algunos de los peñascos, los habían limpiado con cepillos de hierro e incluso les habían puesto nombre. Los muchachos se retaban entre ellos para treparlos de todas las formas posibles. Sin cuerdas ni clavos, buscando sin parar huecos a un metro del suelo, y cayendo en lo blando del sotobosque. Daba gusto mirar a los dos o tres más fuertes: ágiles como gimnastas, las manos despellejadas y blancas de magnesita, habían llevado ese juego a la montaña desde la ciudad. Se lo enseñaban encantados a los demás, así que les dije que también yo quería intentarlo. Enseguida sentí que valía para trepar. En el fondo, ya había subido por rocas de toda clase con Bruno, sin saber nada, mientras que mi padre siempre me había prevenido contra aventurarme donde hacían falta las manos. Quizá justo por eso decidí que debía ser bueno en eso.

Cuando se ponía el sol el grupo aumentaba con los que venían a divertirse. Unos encendían una hoguera, otros traían tabaco y bebidas. Entonces nos sentábamos y, mientras circulaba una botella de vino, escuchaba historias completamente nuevas para mí, que me fascinaban tanto como las chicas que estaban al otro lado de la hoguera. Conocí la historia de los hippies californianos que habían inventado la escalada libre moderna, acampaban veranos enteros debajo de las paredes de Yosemite y escalaban semidesnudos; o de los franceses que se entrenaban en los acantilados de Provenza, tenían el pelo largo y la costumbre de subir ligeros y rápido, y que cuando pasaban del mar a los picachos del Mont Blanc humillaban a los viejos alpinistas como mi padre. La escalada consistía en el placer de estar juntos, en ser libres y en experimentar, y por eso una piedra de dos metros en la orilla del río era igual de importante que un ochomil; nada que ver con el culto del esfuerzo ni con la conquista de las cumbres. Prestaba atención, y mientras tanto en el bosque se hacía de noche. Los troncos torcidos de los pinos, el fuerte aroma a resina, los peñascos blancos al resplandor de las llamas lo convertían en un refugio más acogedor que todos los del Monte Rosa. Más tarde había quien se ponía a hacer autostop con un cigarrillo entre los labios, trastabillando debido al alcohol; otro se alejaba con la chica que tenía al lado.

En el bosque, no me daba cuenta de las diferencias que había entre nosotros, quizá porque allí resultaban menos evidentes que en otro lugar. Todos eran chicos ricos de Milán, Génova y Turín. Los menos ricos vivían en los chalés del valle alto, construidos deprisa y corriendo a los pies de las pistas de esquí; los más ricos, en las antiguas casas de montaña y en zonas retiradas, donde cada piedra y cada mesa había sido sustraída, numerada y recolocada conforme al diseño de un arquitecto. Una vez entré en una de aquellas casas acompañando a un amigo para llevarnos bebidas para la noche. Desde fuera parecía un antiguo pajar de troncos; por dentro era la casa de un anticuario o de un coleccionista, una exposición de libros de arte, cuadros, muebles, esculturas. Y también botellas: mi amigo abrió un armario y cada uno de nosotros llenó una mochila.

—Pero ¿a tu padre no le enfada que le roben el vino? —pregunté.

—¡A mi padre! —respondió él, como si encontrase ridícula la misma palabra.

Dejamos la bodega desvalijada y corrimos al bosque.

Mientras tanto, mi padre se hacía el ofendido. De nuevo iba a la montaña solo, para lo que se levantaba al amanecer y se marchaba antes de que nosotros nos despertásemos, y alguna vez, cuando estaba fuera, yo revisaba el mapa para conocer sus nuevas conquistas. Se había puesto a explorar una parte del valle que siempre habíamos evitado, porque incluso desde abajo se veía que arriba no había nada: ni aldeas, ni agua, ni refugios, ni cumbres bonitas, sino solo laderas que ascendían rectas y yermas a lo largo de dos mil metros, y, por último, un pedregal.

Creo que iba para aplacar la decepción o en busca de un paisaje que se asemejase a su humor. No me había vuelto a invitar a acompañarlo. En su opinión, ahora me correspondía presentarme ante él: si había tenido el valor de plantarme con un no, era mi turno de pedir disculpas y de decir por favor.

Llegó la hora del glaciar, nuestros dos días de gloria en el apogeo del verano, y lo vi preparando los crampones, el piolet sobrio como un arma, la cantimplora abollada por los golpes que había sufrido. Me parecía el último superviviente de un alpinismo de asalto, uno de aquellos escaladores-soldados que en los años treinta morían masivamente en las paredes norte de los Alpes, cuando lanzaban a ciegas un ataque contra la montaña.

—Tienes que hablar con él —dijo mi madre esa mañana—. Mira que está fatal.

—¿No es él quien tiene que hablar conmigo?

—Tú puedes, él no.

—¿Qué es lo que yo puedo?

—Anda, lo sabes muy bien. Lo único que está esperando es que te acerques y le preguntes si puedes acompañarlo.

Lo sabía perfectamente, pero no lo hice. Me fui a mi habitación y, poco después, desde la ventana vi cómo mi padre se alejaba con su paso cansino, la mochila repleta de chatarra. Nadie va solo a un glaciar, y sabía que aquella noche tendría que hacer algo humillante. En los refugios siempre había al menos alguien así: iba de mesa en mesa, escuchaba un rato lo que hablaba la gente, se colaba en la conversación de un grupo, al cual, al cabo, le proponía sumarse al día siguiente, a sabiendas de que a nadie le gustaba que hubiera un extraño en su cuerda. En ese momento me pareció el castigo perfecto para él.

A mí también me tocó pasarlo mal aquel verano. Después de mucho entrenamiento en los peñascos, fui con dos chicos a hacer mi primera ruta de escalada. Uno de ellos era el del vino, el hijo del coleccionista, un genovés, de los más fuertes del grupo; el otro, un amigo suyo que había comenzado hacía unos meses, sin mucha pasión ni mucho talento, quizá solo por imitar al otro. La pared estaba tan cerca del camino que solo tuvimos que cruzar un prado para llegar a la base, y tenía tanta inclinación que los animales la usaban para resguardarse de la lluvia y el sol. Nos pusimos los zapatos de clavos entre las vacas, luego el genovés me dio un arnés y un mosquetón de abrazadera, nos ató a los dos a los extremos de la cuerda y a sí mismo en el medio, y sin más preámbulos le dijo al otro que lo sujetase bien y empezó a subir.

Su cuerpo era ligero y flexible, trepaba dando la sensación de no tener peso y de que los movimientos no le costaban ningún esfuerzo. No necesitaba tocar aquí y allá para encontrar los puntos de apoyo, avanzaba con seguridad: de tanto en tanto desenganchaba un fiador del arnés, lo enganchaba a uno de los clavos que señalizaban el camino, pasaba la cuerda por el mosquetón; luego introducía una mano en la bolsa de la magnesita, se frotaba los dedos y continuaba subiendo sin esfuerzo. Sus movimientos eran muy elegantes. Elegancia, armonía, ligereza, todas eran virtudes que me habría encantado aprender de él.

Ninguna de las cuales poseía su amigo. Lo veía de cerca, cuando trepaba, porque en el momento en que el genovés se quedó en una parada nos gritó que subiésemos juntos, dejando unos metros de distancia entre ambos. Así, un paso tras otro, acabé encontrándome al amigo encima de la cabeza. Una y otra vez tenía que parar para no tocar sus zapatos, y entonces me volvía para mirar el mundo que tenía detrás: los campos amarillentos de finales de agosto, el río que destellaba al sol, los coches diminutos en la carretera. El vacío no me asustaba. Lejos del suelo, en el aire, me sentía bien, y a mi cuerpo le salían instintivamente los movimientos del ascenso, le exigían concentración, desde luego, pero no músculos ni pulmones.

En cambio, mi compañero se valía demasiado de los brazos y poco de los pies. Estaba pegado a la roca, lo que lo obligaba a buscar las presas a tientas, y no le importaba agarrarse al fiador cuando encontraba uno.

—Eso no se puede hacer —le dije, pero cometí un error. Tendría que haber dejado que hiciera lo que le diera la gana.

Él me miró molesto y dijo:

—¿Qué pasa? ¿Me quieres adelantar porque no te gusta estar debajo?

A partir de ese momento me convertí en su rival. En la parada le dijo al otro: «Pietro tiene prisa, se lo ha tomado como una carrera». Yo no dije: tu amigo es un tramposo que se agarra a los clavos. Sabía que si lo hacía terminaría enfrentándome a los dos. A partir de ese momento quise guardar una distancia prudencial, pero el otro me la tenía jurada: de vez en cuando decía una frase socarrona y se tomaba a guasa mi espíritu deportivo. Ahora me esperaban y, cuando llegaba debajo de donde estaban, aporreaban la nieve para impedirme subir más. El hijo del coleccionista se carcajeaba. Cuando llegué a la última parada, me dijo:

—Oye, se te da muy bien. ¿Quieres ir delante?

—Vale —respondí.

En realidad, solo quería acabar pronto y que me dejaran en paz. Ya estaba sujeto y tenía todos los fiadores, ni siquiera necesitábamos hacer las maniobras para los relevos, así que miré hacia arriba, vi un clavo plantado en una grieta y subí.

Encontrar el camino es fácil si sobre la cabeza tienes una cuerda: otra cosa es si la tienes bajo los pies. El primer mosquetón lo enganché a un viejo clavo de anillo, no a una de las chapas de acero que brillaban en la pared. Decidí no darle importancia y continué por la grieta, porque estaba subiendo bien. Solo que, más arriba, la grieta empezó a reducirse hasta que desapareció entre mis manos. Ahora había sobre mi cabeza un techo negro y húmedo que caía a plomo, y no tenía la menor idea de cómo trepar por él.

—¿Adónde voy? —grité.

—Desde aquí no veo —me gritó el genovés—. ¿Hay clavos?

No, no había clavos. Me sujeté bien al último tramo de la grieta y me asomé hacia ambos lados para ver si encontraba algún clavo. Entonces descubrí que había ido por una pista falsa: la hilera de chapas de acero ascendía transversalmente y bordeaba el techo hasta la cumbre.

—Me he equivocado de camino —grité.

—¿Qué? —me gritó en respuesta—. ¿Y cómo es, puedes cruzar?

—No. No hay donde agarrarse.

—Oye, pues tienes que bajar.

No los veía, pero me daba cuenta de que se estaban divirtiendo a mi costa.

El caso es que yo nunca había descendido una pared. La propia grieta por la que había subido me pareció imposible vista desde arriba. Lo que hice fue asirme con más fuerza y en el mismo instante reparé en que el clavo de hierro oxidado se encontraba a cuatro o cinco metros de distancia. Me empezó a temblar una pierna: un temblor incontrolable que comenzaba en la rodilla y llegaba al talón. El pie ya no me respondía. Las manos me sudaban y tenía la sensación de que me desprendía de la roca.

—¡Me caigo! —grité—. ¡Tensad!

Me fui hacia abajo. Un vuelo de unos diez metros no es nada realmente grave, pero hay que saber caer: hay que despegarse de la pared y amortiguar el golpe con las piernas al final del vuelo. Eso no me lo había enseñado nadie y caí recto y, en el intento de sujetarme, me golpeé contra la roca. Noté una punzada en la ingle cuando llegué abajo. Pero ese dolor era una suerte, significaba que alguien había bloqueado la cuerda. Ellos ya no se reían.

Poco después nos encontrábamos al otro lado de la pared y entonces fue rara la sensación de estar de nuevo en los prados. Tensos, al borde del precipicio, cerca de vacas que pastaban, de una alzada medio derruida, de un perro que ladraba. Nos sentamos en el suelo. Yo estaba asustado y dolorido, ensangrentado, y creo que ellos tenían sentimiento de culpa, pues uno de los dos me preguntó:

—¿Seguro que te encuentras bien?

—Sí, sí.

—¿Quieres un cigarrillo?

—Gracias.

Decidí que sería el último que compartiríamos. Lo fumé tumbado en el prado, mirando al cielo. Me dijeron algo más, pero entonces yo ya no los escuchaba.

Como cada verano, el tiempo cambió hacia fin de mes. Llovía y hacía frío y la propia montaña te animaba a bajar al valle a disfrutar de la tibieza de septiembre. Mi padre se había vuelto a ir. Mi madre encendió de nuevo la estufa: en las breves escampadas, yo iba por leña al bosque y arrancaba las ramas secas de los alerces, que se partían con un crujido. En Grana me encontraba bien, pero ahora yo también ansiaba volver a la ciudad. Me parecía que tenía muchas cosas que descubrir y gente que ver, y que el futuro inmediato me tenía reservado importantes cambios; vivía esos últimos días sabiendo que en muchos sentidos eran los últimos, como si fueran el recuerdo de la montaña que había sido. Me gustaba que fueran así: mi madre y yo de nuevo solos, el fuego restallando en la cocina, el frío de la primera hora de la mañana, las horas que dedicaba a la lectura o a pasear por el bosque. No había piedras por las que trepar en Grana, pero descubrí que podía entrenarme bien en los muros de los refugios. Subía y bajaba con método por las asperezas, evitando los puntos muy fáciles y tratando de sujetarme en los resaltes más pequeños solo con la punta de los dedos. Luego pasaba de una aspereza a otra, y volvía a empezar. Debo de haber trepado de esa manera por todas las casas derruidas del pueblo.

Un domingo el cielo se despejó de nuevo. Habíamos empezado a desayunar, cuando alguien llamó a la puerta. Era Bruno. Estaba en la terraza, sonriendo.

—Hola, Berio —dijo—. ¿Vamos a la montaña?

Sin preámbulos, me contó que esa primavera a su tío se le había ocurrido comprar unas cabras. Las dejaba en estado salvaje en la montaña, frente a la alzada, para no tener que hacer nada más que observarlas con unos prismáticos por la noche y cerciorarse de que estaban todas y de que no se alejaban de donde se las pudiese ver. Solo que arriba las últimas noches había nevado y su tío no las encontraba. Era muy probable que se hubieran escondido en un agujero, como tampoco podía descartarse que se hubieran ido detrás de una manada de cabras monteses. Bruno hablaba como si se tratase de otro de los negocios fallidos de su tío.

Ahora tenía una moto vieja sin matrícula en la que hicimos todo el camino hasta la alzada, esquivando las ramas bajas de los alerces y cubriéndonos de barro en los charcos. Me gustaba ir agarrado a su espalda, y notaba que él se sentía algo incómodo. Luego seguimos a buen ritmo por un sendero recto, por el lado opuesto de los pastos de su tío: por todas partes, en medio de aquella hierba baja y pedregosa, había estiércol de cabras. Ascendimos luego por una cuesta de rododendros y desniveles rocosos, donde caía un torrente casi seco. Después comenzó la nieve.

Hasta ese momento, de la montaña conocía una sola estación. Un breve verano que al principio de julio se parecía a la primavera y a finales de agosto al otoño. Pero del invierno no sabía absolutamente nada. De pequeños, Bruno y yo hablábamos de eso a menudo, cuando faltaba poco para que regresara a la ciudad y me ponía melancólico y me imaginaba viviendo allá arriba todo el año con él.

—Tú no sabes cómo es aquí en invierno —me decía—. Solo hay nieve.

—Me gustaría verla —respondía yo.

Y ahora allí estaba. No era la nieve helada de los barrancos a tres mil metros: era nieve fresca, blanda, que se metía en los zapatos y te mojaba los pies, y era raro levantarlos y ver en la huella las flores aplastadas de agosto. Apenas llegaba a los tobillos pero era suficiente para borrar todo rastro del sendero. Cubría los arbustos, los agujeros y las piedras, de modo que cada paso podía esconder una trampa y, como yo no sabía andar por la nieve, me limitaba a seguir a Bruno, a pisar donde había pisado él. Como antes, no comprendía qué instinto o recuerdo lo guiaba. Simplemente, lo seguía.

Llegamos a la cima que daba a la otra vertiente y en cuanto el viento sopló en la dirección contraria oímos el sonido de los cencerros. Las cabras se habían refugiado más abajo, al amparo de las rocas. Descender no fue complicado: estaban escondidas en grupos de tres o cuatro, las madres rodeadas de los cabritos, en los espacios sin nieve. Bruno las contó y comprobó que no faltaba ninguna. Eran menos obedientes que las vacas, se habían asilvestrado tras un verano en la montaña, y mientras subían detrás de nosotros Bruno tenía que gritar para que no se separaran, tiraba bolas de nieve a las que se iban por su cuenta y despotricaba contra su tío y sus ideas geniales. Subimos de nuevo a la cima y a continuación volvimos a bajar a la nieve en ese desfile desordenado y ruidoso.

Debía de ser mediodía cuando pisamos otra vez la hierba. El verano había regresado de improviso. Las cabras, hambrientas, se dispersaron por los prados. Nosotros continuamos camino corriendo, no porque tuviésemos prisa, sino porque era la única forma en la que sabíamos movernos en la montaña, y el descenso siempre nos había puesto eufóricos.

Cuando llegamos a la moto Bruno dijo:

—Te he visto trepar. Eres bueno.

—He empezado este verano.

—¿Y te gusta?

—Me encanta.

—¿Como el juego del torrente?

Me eché a reír.

—No —dije—. No tanto.

—Este verano he construido un muro.

—¿Dónde?

—En la montaña, en un establo. Se estaba hundiendo y hemos tenido que reconstruirlo entero. Solo que no había camino y tenía que ir de un lado a otro en moto. Hemos trabajado como se hacía antes, con pala, cubo y pico.

—¿Y te ha gustado?

—Sí —dijo, tras pensarlo un poco—. El trabajo me ha gustado. Es complicado levantar un muro de esa manera.

Había otra cosa que no le había gustado, pero no me dijo cuál era y yo no se lo pregunté. No le pregunté cómo le iba con su padre, cuánto dinero ganaba, si tenía novia o planes para el futuro, ni qué pensaba de lo que había ocurrido entre nosotros. Él tampoco. No me preguntó cómo me encontraba yo ni cómo se encontraban mis padres, ni yo le conté: mi madre bien, mi padre igual de enfadado conmigo. Han cambiado algunas cosas este verano. Creía que había hecho unos amigos, pero me equivoqué. He besado a dos chicas la misma noche.

En cambio, le dije que regresaría a Grana a pie.

—¿Estás seguro?

—Sí, es que mañana me marcho, me apetece andar.

—Muy bien. Entonces, adiós.

Era mi ritual del final del verano: un último paseo solo para despedirme de la montaña. Así, miré cómo Bruno montaba en la moto y la ponía en marcha en varios intentos, con un estallido y una bocanada de humo negro del silenciador. Tenía estilo como motorista. Me dijo adiós con la mano y aceleró. Yo también le dije adiós con la mano, aunque ya no me veía.

Entonces no podía saberlo, pero no volveríamos a vernos durante mucho tiempo. Al año siguiente cumpliría los diecisiete y regresaría a Grana solo por unos días, y después dejaría de ir del todo. El futuro me alejaba de aquellas montañas de la infancia, era un hecho triste, hermoso e inevitable, algo de lo que en ese momento sí me daba cuenta: cuando Bruno y su moto desaparecieron en el bosque me volví hacia la pendiente por la que habíamos bajado y, antes de marcharme, me quedé un rato observando nuestro largo rastro en la nieve.

SEGUNDA PARTE

LA CASA DE LA RECONCILIACIÓN

5

Mi padre murió cuando tenía sesenta y dos años y yo treinta y uno. No fue sino en el funeral cuando reparé en que yo tenía la misma edad que él tenía cuando nací. Pero mis treinta y un años apenas se parecían a los suyos: yo no me había casado, no trabajaba en una fábrica, no había tenido un hijo, y me parecía que mi vida era mitad la de un hombre y mitad la de un muchacho. Vivía solo en un estudio, un auténtico lujo que apenas podía permitirme. Todo mi afán era ganarme la vida haciendo documentales, pero para pagar el alquiler aceptaba trabajos de todo tipo. Eso sí, yo también había emigrado: de mis padres había heredado la idea de que, en un momento dado de la juventud, uno debe despedirse del lugar donde se nace y se crece y marcharse a otro sitio para crecer; así, a los veintitrés, recién licenciado del servicio militar, me fui a Turín por una novia. La relación con ella, sin embargo, no duró; sí, en cambio, la que mantuve con la ciudad. Entre viejos ríos y viejos cafés bajo los soportales me sentí enseguida a mis anchas. En aquel entonces leía a Hemingway, vagabundeaba sin un céntimo en el bolsillo y procuraba ser una persona accesible, disponible e interesada en las ofertas de trabajo, con la montaña sirviendo de fondo a mi *Fiesta*: pese a que nunca había vuelto, ver la montaña en el horizonte cuando salía de casa me parecía una bendición.

Así pues, ahora me separaban de mi padre cientos de kilómetros de campos y arrozales. Que, si bien no son nada, hay que tener ganas de recorrerlos. Un par de años antes le había causado la última gran decepción al dejar la universidad: porque yo en matemáticas siempre había sacado las mejores notas, y porque él siempre había vaticinado para mí un futuro semejante al suyo. Mi padre me dijo que desperdiciaba la vida, yo le respondí que, en mi opinión, era él quien la había desperdiciado. Estuvimos un año entero sin hablarnos, el año durante el cual salía y entraba en el cuartel, y al licenciarme me marché casi sin despedirme. Para él y para mí era preferible que prosiguiese mi camino, que me inventase una vida distinta de la suya en otro sitio; así, una vez lejos el uno del otro, ninguno de los dos hizo nada por cubrir esa distancia.

Con mi madre era diferente. Como por teléfono yo hablaba poco, se le ocurrió escribirme cartas. Descubrió que le respondía. Me gustaba sentarme a la mesa por la noche, coger papel y bolígrafo y contarle lo que me pasaba. Le conté la decisión de matricularme en una escuela de cine. Allí conocí a mis primeros amigos de Turín. Me fascinaba el documental, me sentía inclinado a observar y escuchar y me consolaba que ella respondiese: «Sí, siempre has sido bueno en eso». Sabía que tardaría mucho en conseguir trabajo, pero mi madre me animó desde el principio. Durante años me mandó dinero, y yo, para corresponderle, le envié todo lo que hacía, semblanzas de personas y lugares, exploraciones de la ciudad, cortos que nadie veía pero de los que me sentía orgulloso. Me gustaba la vida que estaba tomando forma. Le decía eso, cuando me preguntaba si era feliz. Evitaba responderle a otras preguntas: sobre las chicas con las que nunca duraba más de unos meses, porque en cuanto las cosas se volvían serias me esfumaba.

«¿Y tú?», escribía yo.

«Yo estoy bien. En cambio, papá trabaja demasiado y eso le perjudica», respondía mi madre. Me hablaba más de él que de sí misma. La fábrica tenía problemas y mi padre, después de treinta años de trabajo, en vez de olvidarse del asunto y esperar la jubilación, se esmeraba el doble. Viajaba mucho en coche, solo, conducía cientos de kilómetros entre una planta y otra, regresaba a casa agotado y se iba a la cama en cuanto cenaba. Pero apenas dormía: se levantaba de noche y se ponía a trabajar, pues las preocupaciones no lo dejaban conciliar el sueño, pero, según mi madre, las preocupaciones no tenían que ver solo con la fábrica. «Siempre ha sido ansioso, pero ahora se está convirtiendo en una enfermedad.» Estaba inquieto por el trabajo y por la vejez que se aproximaba, se inquietaba por mi madre en cuanto tenía gripe, y también estaba inquieto por mí. Se despertaba sobresaltado, pensando que me encontraba mal. Entonces le pedía que me llamara por teléfono, aunque me sacara de la cama; ella lo convencía de esperar unas horas y procuraba tranquilizarlo, que durmiera, que se apaciguara. Su cuerpo le había mandado ya algún aviso, pero era la única manera en la que él sabía vivir, en permanente tensión: pedirle calma era como pedirle que subiera una montaña *más despacio*, que disfrutara del aire sano y sin competir con todo el mundo.

En parte era el hombre que conocía, y en parte otro, el que descubría en las cartas de mi madre. El otro me suscitaba curiosidad. Recordé haberle entrevisto cierta fragilidad, unos instantes de aturdimiento que se apresuraba a ocultar. Cuando me asomaba por una roca e instintivamente me asía por el cinturón. Cuando me mareaba en el glaciar y se ponía más nervioso que yo. Me dije que a lo mejor siempre había tenido a ese otro padre ahí y que no me había dado cuenta, a causa de lo absorbente que era el primero, y empecé a pensar que en adelante debería, o podría, volver a intentarlo con él.

Luego ese futuro se esfumó de golpe junto con sus posibilidades. Una noche de marzo de 2004, mi madre me llamó para decirme que mi padre había sufrido un infarto en la autopista. Lo habían encontrado en un área de descanso. No había causado ningún accidente, al revés, había conseguido hacerlo todo bien: había puesto los cuatro intermitentes, frenado y aparcado como si hubiese pinchado o se hubiese quedado sin gasolina. Pero lo que en realidad lo había dejado plantado era el corazón. Demasiados kilómetros a toda pastilla y comiendo mal: mi padre debió de sentir un fuerte dolor en el pecho y comprender lo que le pasaba. Había aparcado en el área de descanso. Se había quedado sentado allí y así lo habían encontrado, como un piloto que se retira de la carrera, el final más irónico para alguien como él, con las manos en el volante mientras todos lo adelantaban.

Esa primavera volví a Milán para pasar unas semanas con mi madre. Además de los asuntos de los que había que ocuparse, sentía la necesidad de estar un poco con ella. Después de los convulsos días del funeral, en la calma de la etapa que siguió, descubrimos, para mi sorpresa, que mi padre había pensado en la muerte, y de qué manera. En su cajón había una lista de instrucciones, donde había indicado los datos bancarios y todo lo que necesitábamos mi madre y yo para que entráramos en posesión de sus bienes. Dado que los dos éramos sus únicos herederos, no había precisado hacer un auténtico testamento. Pero en la misma hoja había escrito que le dejaba a ella su mitad de la casa de Milán, mientras que para mí quedaba –*querría que Pietro tuviese*– la «finca de Grana». Nada de epitafios ni tampoco una línea de despedida, todo era frío, práctico y notarial.

De esa herencia mi madre no sabía casi nada. Uno tiende a creer que sus padres comparten todo lo que se les pasa por la cabeza, máxime cuando empiezan a envejecer, pero en aquellos días estaba descubriendo que ellos dos, tras mi marcha, habían hecho vidas separadas en muchos aspectos. Él trabajaba y estaba siempre viajando. Ella estaba jubilada, era enfermera voluntaria en un ambulatorio para extranjeros, echaba una mano en los cursos de preparación al parto y compartía sus días más con sus amigas que con mi padre. Lo único que sabía era que mi padre había comprado un pequeño terreno en la montaña por poco dinero el año anterior. No le había pedido permiso para gastar aquella cifra ni la había invitado a conocer el lugar –ya hacía mucho que no salían a caminar juntos–, y ella no había puesto objeciones, pues lo consideraba un asunto privado.

Entre los documentos de mi padre encontré la escritura de venta y un plano catastral, que no me ayudaron mucho más. Había una edificación de uso agrícola de cuatro metros por siete, en el centro de un terreno de forma irregular. El plano era demasiado pequeño para ubicar el sitio, y demasiado diferente de aquellos a los que estaba acostumbrado: no registraba las cotas y los senderos sino solo las propiedades, y no me permitía saber si alrededor había bosques, prados u otra cosa.

Mi madre dijo:

–Bruno debe de conocer su ubicación.

—¿Bruno?

—Salían siempre juntos.

—Yo ni siquiera sabía que lo habíais vuelto a ver.

—Claro que lo hemos vuelto a ver. Es un poco difícil no verse en Grana, ¿no te parece?

—¿Y a qué se dedica? —pregunté, pese a que realmente quería preguntar: ¿y cómo está? ¿Se acuerda de mí? ¿En todos estos años ha pensado en mí tanto como yo he pensado en él?

Pero ya había aprendido a hacer las preguntas de los adultos, en las que se pregunta una cosa para averiguar otra.

—Es albañil —respondió mi madre.

—¿Nunca se ha marchado de allí?

—¿Bruno? ¿Y adónde quieres que vaya? Grana no ha cambiado mucho, ya lo verás.

No sabía si fiarme, pues entretanto había cambiado yo. De adulto, un lugar puede parecerte completamente distinto al que te encantaba cuando eras niño, y desilusionarte; o bien puede recordarte lo que ya no eres y suscitarte una tristeza enorme. No es que me muriese de ganas de descubrirlo. Pero esa propiedad estaba esperándome y la curiosidad se impuso: a finales de abril fui solo, en el coche de mi padre. Era de noche, y al subir por el valle no podía ver sino el espacio que iluminaban los faros. Incluso así notaba bastantes cambios: los puntos en los que la carretera había sido arreglada y ensanchada, las redes de protección en los barrancos, los montones de troncos derribados. Habían construido chalés de estilo tirolés y extraído arena y grava del río, que habían bordeado con cemento donde antes corría entre piedras y árboles. Casas oscuras, hoteles cerrados por temporada baja o para siempre, excavadoras paradas o con el brazo plantado en el suelo daban a los pueblos un aspecto de decadencia industrial, como las obras abandonadas a medias por quiebra.

Luego, mientras aquellos descubrimientos me deprimían, algo atrajo mi atención y me incliné hacia el parabrisas para mirar hacia arriba. En el cielo nocturno unas formas blancas emitían una especie de claridad. Tardé un instante en comprender que no eran nubes: eran las montañas aún cubiertas de nieve. Tendría que habérmelo esperado, en abril. Pero en la ciudad la primavera estaba avanzada y yo no estaba acostumbrado a saber que al ascender se retrocede en las estaciones. Arriba, la nieve me consoló de las miserias de la hondonada.

Enseguida me di cuenta de que acababa de repetir un gesto típico de mi padre. ¿Cuántas veces lo había visto, mientras conducía, inclinarse y alzar la vista al cielo? Para comprobar qué tiempo hacía o para estudiar la vertiente de una montaña, o solo para admirar su forma cuando pasábamos por allí. Sujetaba por arriba el volante, se inclinaba y alzaba la vista. Así que repetí de nuevo el gesto, esta vez con atención, imaginándome que yo era mi padre con cuarenta años y que acababa de entrar en el valle, con una esposa sentada al lado y un hijo en el asiento de atrás, en busca de un buen lugar para los tres. Me imaginé que mi hijo dormía. Mi mujer me señalaba los pueblos y las casas y yo fingía que le prestaba atención. Pero luego, en cuanto ella se volvía, me inclinaba y miraba hacia arriba, obedeciendo al poderoso reclamo de las cumbres. Cuanto más imponentes y amenazadoras, más me gustaban. La nieve en las alturas equivalía a la mejor promesa. Sí, quizá en aquella montaña había un buen lugar para nosotros.

Habían asfaltado el camino que subía a Grana, pero en lo demás mi madre tenía razón, parecía que no había cambiado absolutamente nada. Las ruinas seguían ahí, lo mismo que los establos, los heniles y los montones de estiércol. Aparqué el coche donde recordaba y entré a pie en el pueblo oscuro, me dejé guiar por el murmullo del abrevadero, en la oscuridad encontré la escalera, la puerta de casa, la enorme llave de hierro de la cerradura. Dentro me acogió el viejo olor a humedad y a humo. En la cocina, abrí la puerta de la estufa y encontré un pequeño montón de brasas todavía candentes: metí la leña seca que había al lado y luego soplé hasta que el fuego ardió.

También los brebajes de mi padre seguían en su sitio. Solía comprar una botella grande de aguardiente que luego aromatizaba en frascos más pequeños, con bayas, piñas y las hierbas que recogía en la montaña. Elegí un frasco al azar y me serví dos dedos en un vaso para caldearme un poco. Puede que fuera genciana, estaba muy amargo, me senté con el vaso cerca de la estufa, me lie un cigarrillo y luego esperé a que los recuerdos salieran a flote, fumando y mirando alrededor en la vieja cocina.

Mi madre había hecho una buena labor en veinte años: veía por todas partes su mano, la de una mujer con las ideas claras sobre cómo volver una casa acogedora. Siempre le habían gustado las cucharas de madera y los cacharros de cobre, y nada las cortinas que impiden ver la calle. En el alféizar de su ventana preferida había puesto un ramo de flores secas en un jarrón, la pequeña radio que escuchaba todo el día y una foto en la que Bruno y yo estábamos sentados, espalda contra espalda, en un tocón de alerce, probablemente en la alzada de su tío, con los brazos cruzados sobre el pecho y expresión de duros. No recordaba cuándo y quién la había tomado, pero llevábamos la misma ropa, la pose de ambos era igual de ridícula y cualquiera habría pensado que era el retrato de dos hermanitos. Terminé el cigarrillo y tiré la colilla a la estufa. Cogí el vaso vacío y me levanté para rellenarlo, y vi entonces el mapa de mi padre, todavía pegado en la pared con chinchetas, pero muy diferente de como lo recordaba.

Me acerqué para observarlo bien. Enseguida tuve una sensación clara, es decir, que ya no era lo que había sido al principio —el mapa de los senderos del valle— sino que se había convertido en otra cosa, en algo semejante a una novela. O, mejor dicho, en una biografía: después de veinte años de caminatas no había una veta, una alzada, un refugio que la pluma de mi padre no hubiese tocado, y aquella retícula de rutas era tan densa, que el mapa resultaba ilegible para cualquier otro. Solo que ahora el negro no era el único color. A veces al lado había un trazo rojo, otras, un trazo verde. Otras veces, se juntaban el negro, el rojo y el verde, aunque con más frecuencia el negro recorría solo largos trozos. Seguramente era un código y me quedé allí tratando de comprenderlo.

Después de un rato de reflexión me pareció que era una de las adivinanzas que me planteaba mi padre cuando era niño. Me rellené de nuevo el vaso y volví a observar el mapa. Si se trataba de un problema de criptografía, como los que había estudiado en mis años de universidad, habría empezado buscando las repeticiones más frecuentes y las más infrecuentes: la más frecuente era la del negro sin otro color, la más infrecuente, la de los tres colores juntos. Me ayudaron los tres colores, ya que recordaba perfectamente el punto de la vez que él, Bruno y yo nos habíamos quedado bloqueados en el glaciar. La línea roja y la línea verde acababan justo ahí, mientras que el negro continuaba: así comprendí que mi padre había hecho el resto del ascenso después. Por supuesto, el negro era él. El rojo lo seguía hasta la cumbre de nuestros cuatromiles, de manera que solo podía ser yo. Y el verde, por descarte, era Bruno. Mi madre ya me había dicho que salían a caminar juntos. Vi que había muchos senderos negros y verdes, puede que incluso más que senderos negros y rojos, y sentí un poco de celos. También me alegró saber que durante todos esos años mi padre no había ido solo a la montaña. Recordé que, de algún modo ambiguo, aquel mapa colgado en la pared podía ser un mensaje para mí.

Más tarde fui a mi antigua habitación, pero estaba demasiado fría para pasar allí la noche. Quité el colchón de la cama, lo llevé a la cocina y extendí encima el saco de dormir. Dejé el aguardiente y el tabaco al alcance de la mano. Antes de apagar la luz cargué bien la estufa y, en la oscuridad, la oí arder largo rato sin dormirme.

Bruno vino a buscarme a la mañana siguiente. Era un hombre al que ya no reconocía, pero seguía teniendo algo del chiquillo que conocía perfectamente.

—Gracias por el fuego —dije.

—De nada —dijo él.

Me estrechó la mano en la terraza y pronunció una de esas frases rituales a las que había tenido que acostumbrarme en los dos últimos meses y a las que ya no prestaba atención. De nada valían entre viejos amigos, pero a saber qué éramos ahora Bruno y yo. Me pareció más sincero el apretón de su mano derecha, fuerte, áspera, callosa, pero que además tenía algo raro. Él se dio cuenta de mi desconcierto y la levantó para enseñármela: era una mano de albañil a la que le faltaban las últimas falanges del índice y el corazón.

—¿Has visto? —dijo—. Una vez hice el idiota con la escopeta de mi abuelo. Le quería disparar a un zorro, y bum, me mutilé los dedos.

—¿Te estalló en la mano?

—No exactamente. Gatillo defectuoso.

—Ay —dije—. Qué dolor.

Bruno se encogió de hombros, como diciendo que había cosas peores en la vida. Me miró el mentón y dijo:

—¿Nunca te afeitas?

—Hará diez años que dejé de hacerlo —respondí, acariciándome la barba.

—Una vez yo también intenté dejármela. Solo que tenía una novia, y ya sabes lo que pasa.

—¿No le gustaba la barba?

—Pues no. En cambio, a ti te favorece, te pareces a tu padre.

Sonrió. Como estábamos tratando de romper el hielo, procuré no fijarme en el sentido de esa frase y sonreírle también. Luego cerré la puerta y me fui con él.

El cielo en el cañón estaba bajo y cargado de nubes primaverales. Parecía que acababa de dejar de llover y que en cualquier momento podía empezar de nuevo. Ni siquiera el humo conseguía elevarse de las chimeneas: caía por los tejados húmedos, se enroscaba en los canalones. En aquella luz fría, a la salida del pueblo, vi todos los cobertizos, todos los gallineros, todas las leñeras de antes, como si desde mi marcha nadie hubiese movido nada. Pero lo que había cambiado lo vi poco después, pasadas las últimas casas: abajo, el gredal del torrente era al menos el doble de ancho de como lo recordaba. Daba la impresión de que un gigantesco arado lo hubiese removido hacía poco. Corría entre amplias zonas pedregosas que le daban un aspecto exangüe, incluso en esa época de deshielo.

—¿Has visto? —dijo Bruno.

—¿Qué ha pasado?

—Las inundaciones del año dos mil, ¿no te acuerdas? Cayó tanta agua que tuvieron que sacarnos en helicóptero.

Una excavadora trabajaba en la parte de abajo. ¿Dónde estaba yo ese año? Tan lejos en cuerpo y en espíritu que ni siquiera me enteré de las inundaciones en Grana. El torrente seguía repleto de troncos, vigas, trozos de cemento, desechos de todo tipo que habían sido arrastrados desde la montaña. En las erosionadas orillas de los meandros sobresalían las raíces de los árboles, buscando la tierra ya inexistente. Nuestro viejo riachuelo me dio mucha lástima.

Pero un poco más arriba, cerca del molino, reparé en una piedra blanca muy grande, redonda, con forma de rueda, encajada en el agua, que me levantó la moral.

—¿También a esa se la llevaron las inundaciones? —pregunté.

—No —dijo Bruno—. Yo la tiré antes.

—¿Cuándo?

—Quería celebrar mis dieciocho años.

—¿Y cómo lo hiciste?

—Con el gato del coche.

Sonreí. Me imaginé a Bruno entrando en el molino con el gato y poco después la muela saliendo por la puerta y empezando a rodar. Me habría encantado estar allí.

—¿Fue bonito? —pregunté.

—Precioso.

Bruno también sonrió. Luego nos pusimos en marcha hacia mi propiedad.

Subimos mucho más despacio que antes, pues yo no estaba nada en forma y la noche anterior había acabado bebiendo más de la cuenta. Por el cañón arrasado por el agua, donde los prados que bordeaban la orilla no eran ahora más que extensiones de arena y piedras, Bruno se volvía con frecuencia, se asombraba de verme tan lejos, paraba y me esperaba. Tosiendo, le dije:

—Sigue si quieres. Te daré alcance.

—No, no —dijo él, como si se hubiese impuesto una tarea clara y tuviese que cumplirla bien.

Tampoco la alzada de su tío gozaba de buena salud: cuando pasamos por allí vi que el tejado de un refugio se había combado y que a su vez había vencido el muro sobre el que se apoyaban las vigas. A simple vista, bastaría una buena nevada para darle el golpe de gracia. La bañera puesta del revés se oxidaba fuera del establo y las puertas estaban desgoznadas y tiradas de cualquier manera contra los muros. Como en la profecía de Luigi Guglielmina, los primeros alerces pequeños despuntaban por todas partes en los pastizales. A saber cuántos años habían tardado en crecer, y a saber qué le había ocurrido al tío. Me habría gustado preguntárselo a Bruno, pero él no se detuvo, así que dejamos atrás la alzada y seguimos adelante, sin decir una sola palabra.

Pasadas las alzadas, las inundaciones habían causado el mayor daño. Arriba, donde antes las vacas subían al final de la temporada, la lluvia se había llevado un trozo entero de montaña. El derrubio había arrastrado árboles y peñascos, montones de materiales inestables que cuatro años después aún cedían bajo los pies. Bruno seguía callado. Abría camino hundiendo las botas en el fango, saltando de un peñasco a otro y caminando en equilibrio por los troncos caídos, sin volverse. Tenía que correr para seguirlo. Hasta que dejamos atrás el derrubio, el bosque nos recibió y, por fin, recuperó el habla.

—Antes por aquí tampoco pasaba mucha gente —dijo—. Ahora que no hay sendero, creo que solo paso yo.

—¿Vienes mucho?

—Sí, al anochecer.

—¿Al anochecer?

—Cuando me apetece dar un paseo después del trabajo. Llevo la linterna frontal por si no veo.

—Bueno, otros van al bar.

—Antes iba al bar. Eso se acabó. Es preferible el bosque.

Entonces hice la pregunta prohibida, la que no podía hacerse cuando se caminaba con mi padre:

—¿Falta mucho?

—No, no. Solo que dentro de poco encontraremos nieve.

Ya la había notado a la sombra de las rocas: nieve vieja sobre la que había llovido y que se transformaba en barro. Pero, más arriba, cuando levanté la cabeza, vi que cubría los pedregales y se extendía por las cuencas del Grenon. En todo el lado norte seguía siendo invierno. La nieve seguía las formas de la montaña como en el negativo de una película, donde lo negro de las rocas se calentaba al sol y lo blanco de la nieve sobrevivía en las zonas umbrosas: pensaba en eso cuando llegamos al lago. Como la primera vez, apareció ante mí de repente.

—¿Recuerdas este sitio? —dijo Bruno.

—Claro.

—No es como en verano, ¿verdad?

—No.

En abril nuestro lago seguía cubierto por una capa de hielo, de un blanco opaco veteado de grietas azules, como las que se forman en la porcelana. No había un sentido geométrico en las grietas ni líneas de fractura comprensibles. Aquí y allá, se habían levantado placas por el impulso del agua y en las orillas a las que daba el sol ya se notaban los primeros tonos más oscuros, el principio del verano.

Sin embargo, al recorrer la cuenca con la mirada se tenía la sensación de ver dos estaciones. A este lado los pedregales, los matorrales de enebro y de rododendro, los escasos arbustos de alerce; al otro, el bosque y la nieve. El rastro de un alud descendía por el Grenon por ese lado y acababa dentro del lago. Bruno se dirigió justo hacia allí: dejamos la orilla y empezamos a ascender la pendiente por la nieve, una costra helada que casi en todo momento resistía nuestro paso, y de vez en cuando cedía abruptamente. Cuando cedía, nos hundíamos hasta el muslo. Cada vez que pisábamos en falso nos costaba mucho salir de la nieve, y hubo que seguir media hora más con esa marcha claudicante antes de que Bruno accediese a hacer una parada: encontró un murete de piedra que surgía de la nieve, al que trepó, y se sacudió las botas. Yo, en cambio, me senté sin preocuparme de los pies mojados. Estaba rendido. Me moría de ganas de estar de nuevo delante de la estufa, de comer y de dormir.

—Ya hemos llegado —dijo.

—¿Adónde?

—¿Cómo que adónde? A tu casa.

Solo entonces miré alrededor. Pese a que la nieve alteraba las formas, se veía que, allí donde nos encontrábamos, la pendiente formaba una especie de terraza boscosa. Una pared rocosa lisa, alta, inusualmente blanca, caía sobre esa meseta que daba al lago. De la nieve emergían los restos de tres muros sin revocar, en uno de los cuales me encontraba sentado, hechos de la misma roca blanca.

Dos muros cortos y uno largo delante, de cuatro por siete, como decía el plano catastral: el cuarto muro era la propia pared, que había brindado el material y sostenía a los otros tres. Del tejado caído no quedaba el menor rastro. Pero dentro de la ruina, en medio de la nieve, había crecido un pequeño pino cembro, que se había abierto camino entre los escombros y ya tenía la misma altura que los muros. Ahí estaba mi herencia: una pared rocosa, nieve, un montón de piedras cuadradas, un pino.

—Cuando vinimos aquí era septiembre —dijo Bruno—. Tu padre dijo enseguida: esta es. Habíamos visto muchas, hacía tiempo que lo acompañaba a buscar, pero esta le gustó enseguida.

—¿Fue el año pasado?

—No, no. Hace ya tres años. Después tuvo que localizar a los dueños y convencerlos. Aquí nadie vende nunca nada. Puedes conservar una ruina toda tu vida, pero lo que no puedes hacer es dársela a otro para que haga algo.

—¿Y qué quería hacer él?

—Pues una casa.

—¿Una casa?

—Claro.

—Mi padre siempre odió las casas.

—Bueno, se ve que había cambiado de idea.

Empezó a llover: me cayó una gota en el dorso de la mano y vi que era agua mezclada con nieve. Hasta el cielo parecía que vacilaba entre el invierno y la primavera. Las nubes tapaban las montañas y quitaban volumen a las cosas, pero incluso en una mañana así conseguía captar la belleza de aquel lugar. Una belleza oscura, áspera, que no infundía paz sino más bien fuerza, y un poco de angustia. La belleza de los opuestos.

—¿Este lugar tiene un nombre? —pregunté.

—Creo que sí. Según mi madre, antes lo llamaban *barma drola*. Ella no se equivoca con estas cosas, se acuerda de todos los nombres.

—¿La *barma* es esa roca de ahí?

—Sí.

—¿Y *drola*?

—Significa rara.

—¿Rara por lo blanca que es?

—Creo que sí.

—La roca rara —dije para oír cómo sonaba.

Permanecí sentado, mirando alrededor y reflexionando sobre el sentido de aquella herencia. Mi padre, precisamente él, que no había querido saber nada de casas en toda su vida, había albergado el deseo de construir una allá arriba. No había podido cumplirlo. Pero, previendo la posibilidad de morir, había pensado en dejarme aquello. Qué querría de mí.

Bruno dijo:

—Yo estoy libre en verano.

—¿Libre para qué?

—Para trabajar.

Y, como no entendía, explicó:

—La casa la ha diseñado tu padre, tal y como la quería. Y me hizo prometerle que yo la construiría. Estaba sentado justo ahí, donde estás tú ahora, cuando me lo pidió.

Ese día no terminaban nunca los descubrimientos. El plano de los senderos, el rojo y el verde que se sumaban al negro: pensé que seguramente Bruno todavía tendría muchas más cosas que contarme. En cuanto a la casa, si mi padre lo había dispuesto todo de aquella manera, no veía motivos para oponerme a su voluntad, salvo uno.

—Lo único que pasa es que no tengo dinero —dije.

Casi todo el que había recibido lo había usado para saldar mis numerosas deudas. Me quedaba muy poco, insuficiente para construir una casa y tampoco me apetecía gastarlo en eso. Tenía una larga lista de deseos retrasados que quería satisfacer.

Bruno asintió. Había esperado la objeción. Dijo:

—Únicamente tenemos que comprar el material. Y creo que también en el material podemos ahorrar bastante.

—Ya, pero ¿quién te paga a ti?

—No te preocupes por mí. Este es un trabajo que no se cobra.

No me explicó a qué se refería y, cuando me disponía a preguntárselo, añadió:

—Pero una mano sí que me vendría bien. Con un peón podría acabar en tres o cuatro meses. ¿Qué me dices, te apuntas?

En el valle me habría echado a reír. Le habría respondido que no sabía hacer nada y que no le sería de ninguna ayuda. Pero estaba sentado en medio de la nieve, frente a un lago helado, a dos mil metros de altura. Había empezado a notar una sensación de inevitabilidad: por motivos que no conocía, allí era adonde mi padre quería llevarme, a aquel relieve asolado por los aludes, al pie de aquella roca rara, para que trabajara en aquella ruina, con aquel hombre. Y me dije: de acuerdo, papá, plantéame esta otra adivinanza, veamos qué me has preparado. Veamos qué es eso nuevo que tengo que aprender.

—¿Tres o cuatro meses? —pregunté.

—Eso es. Es una casa muy sencilla.

—¿Y cuándo quieres empezar?

—En cuanto se vaya la nieve —respondió Bruno.

Luego bajó del muro y empezó a explicarme cómo pensaba ponerse manos a la obra.

6

Ese año la nieve desapareció pronto. Volví a Grana a principios de junio, en plena época de deshielo, con el torrente lleno de agua que descendía por todo el valle, formando cascadas y riachuelos efímeros que no había visto nunca. Era como sentir debajo de los pies esa nieve que se derretía en la montaña y que mil metros más abajo volvía la tierra blanda como el musgo. Decidimos no preocuparnos por la lluvia que caía a diario: al amanecer de un lunes cogimos en la casa de Bruno una pala, un pico, un hacha grande, una sierra mecánica y media garrafa de gasóleo, y con todo eso al hombro subimos hasta la *barma*, como habíamos empezado a llamar a mi propiedad. Aunque él iba mucho más cargado que yo, era yo el que tenía que parar cada cuarto de hora para recuperar el aliento. Soltaba la mochila, me sentaba en el suelo —errores, todos ellos, que en su día mi padre me había enseñado a no cometer— y permanecíamos en silencio, evitando mirarnos mientras mi corazón se calmaba.

Arriba, ahora en vez de nieve había barro y hierba muerta, así pude apreciar mejor el estado de la ruina. Los muros parecían sólidos hasta un metro de altura, gracias a piedras angulares que ni siquiera entre dos habríamos podido mover; pero, a partir de un metro, sobresalía el muro largo, que habían empujado las vigas del tejado antes de que se vencieran, y todos los muros cortos estaban partidos, con las últimas hileras de piedra en vilo a media altura. Bruno dijo que tendríamos que demolerlos hasta la base o prácticamente hasta la base. Era inútil perder tiempo en enderezar muros torcidos: era preferible tirarlos y reconstruirlos.

Antes, sin embargo, había que preparar la obra. Eran las diez de la mañana cuando entramos en la ruina y empezamos a despejarla de los escombros que habían caído dentro. Casi todo eran trozos de tejas, pero también había tablas del viejo suelo entre la planta baja y la primera y, en medio de toda aquella madera podrida, vigas de seis o siete metros de largo, todavía encajadas en las paredes y clavadas en el suelo. Parte de todo aquello no había sido dañado por el agua, y Bruno trataba de distinguir lo que podía reutilizarse. Nos costó bastante soltar lo que estaba bien y sacarlo, haciéndolo rodar fuera de los muros sobre dos tablas inclinadas, mientras que lo estropeado lo partíamos y lo apartábamos para hacer leña.

Debido a la mano mutilada, Bruno había aprendido a usar una sierra mecánica para zurdos. Sujetaba el tronco con un pie y trabajaba con la punta de la hoja, muy cerca de la suela de la bota, levantando detrás de él una nube de serrín. Por el aire se extendía un agradable aroma a madera quemada. Luego el trozo caía y yo lo recogía para amontonarlo.

Me cansé rápido. Estaba aún menos acostumbrado al cansancio de los brazos que al de las piernas. A mediodía salimos de la ruina cubiertos de polvo y serrín. Había cuatro buenos troncos de alerce, bajo la gran pared rocosa, derribados hacía un año y dejados allí para que se curaran: en su debido momento se convertirían en las vigas del nuevo tejado, pero ahora usé uno de ellos para sentarme.

—Ya estoy cansado —dije—. Y ni siquiera hemos empezado.

—Claro que hemos empezado —dijo Bruno.

—Hará falta una semana solo para despejar. Y para tirar los muros, y limpiar la zona.

—Puede ser. Quién sabe.

Mientras tanto, Bruno había hecho un corro de piedras y prendido un pequeño fuego con astillas de madera. Sudado como estaba, yo también quería secarme delante del fuego. Rebusqué en los bolsillos, encontré el tabaco y me lie un cigarrillo. Le ofrecí el tabaco, y dijo:

—No sé liar. Hazme uno, si quieres.

Cuando le di fuego, tuvo que contener la tos. Era evidente que no estaba acostumbrado.

—¿Hace mucho que fumas? —preguntó.

—Empecé un verano que estaba aquí. Así que tendría dieciséis o diecisiete años.

—¿En serio? Nunca te vi.

—Porque fumaba a escondidas. Me iba al bosque para que no me viera nadie. O subía al tejado de casa.

—¿Y de quién o de qué tenías que esconderte? ¿De tu madre?

—No lo sé. Sencillamente, me escondía.

Bruno sacó punta a dos palitos con una navaja. Extrajo una salchicha de la mochila, la troceó, clavó los trozos en espetones y los puso a asar. También tenía pan, una hogaza negra de la que cortó dos rebanadas grandes, y me dio una.

Dijo:

—Oye, da igual el tiempo que se necesite. No debes pensar demasiado en este trabajo, porque puedes volverte loco.

—Entonces ¿en qué debo pensar?

—En hoy. Fíjate qué día más bonito.

Miré alrededor. Hacía falta un poco de buena voluntad para definirlo así. Era uno de esos días de finales de primavera en los que siempre sopla viento en la montaña. Grupos de nubes iban y venían tapando el sol, y el aire todavía era frío como si un invierno perseverante no quisiera marcharse. El lago se parecía a una seta negra que el viento encrespaba. O no, era lo contrario de un encrespamiento: el viento parecía una mano gélida que allanaba los pliegues. Me dieron ganas de estirar las mías hacia el fuego para dejarlas ahí y robarle un poco de calor.

Por la tarde seguimos sacando escombros y llegamos al fondo de la ruina: un entarimado que revelaba claramente la naturaleza de la construcción. A un lado, contra el muro largo, encontramos los comederos, mientras que un tubo, en el centro del espacio, había servido de aliviadero del estiércol. Eran tablas de tres dedos de grosor, pulidas por el prolongado roce de los hocicos y las pezuñas de los animales. Bruno dijo que podíamos limpiarlas y usarlas para construir algo, y empezó a levantarlas con el pico. Vi un objeto en el suelo y lo recogí: era un cono de madera liso y hueco, semejante al cuerno de un animal.

—Eso se usa para la piedra de la hoz —dijo Bruno cuando se lo enseñé.

—¿La piedra de la hoz?

—Es una piedra para afilar la hoz. También tendrá un nombre, pero quién lo recuerda. Debería preguntárselo a mi madre. Creo que es una piedra de río.

—¿De río?

Me sentía un niño al que hay que explicárselo todo. Él mostraba una paciencia infinita con mis preguntas: me cogió el cuerno de la mano y se lo apoyó en un costado. Luego explicó:

—Es una piedra lisa y redonda, casi negra. Hay que mojarla para que funcione bien. Te cuelgas esto del cinturón con un poco de agua dentro, de manera que, mientras siegas, de vez en cuando puedes mojar la piedra y afilar la hoja, así.

Hizo con el brazo un gesto amplio y suave, dibujando una medialuna sobre su cabeza. Vi perfectamente la piedra imaginaria afilando la hoz imaginaria. Solo entonces me di cuenta de que estábamos repitiendo uno de nuestros juegos favoritos: no sé por qué no lo había pensado antes, pero ya habíamos estado en ruinas como aquella. Entrábamos en los agujeros de los muros ruinosos. Andábamos por tablas que se tambaleaban bajo los pies. Robábamos chatarra y fingíamos que eran tesoros. Lo habíamos hecho durante años.

Empecé entonces a ver la empresa en la que nos habíamos embarcado de una forma algo distinta. Hasta ese momento había creído que estaba allí solo por mi padre: para cumplir su voluntad, para reparar mis errores. Sin embargo, en ese momento, mientras miraba cómo Bruno afilaba la hoz imaginaria, la herencia que había recibido me pareció más bien una retribución, o una segunda oportunidad, por nuestra amistad interrumpida. ¿Era eso lo que mi padre había querido regalarme? Bruno le echó una última ojeada al cuerno y lo lanzó al montón de leña. Yo fui a recogerlo y lo aparté, pensando que más adelante podría encontrarle alguna utilidad.

Hice lo mismo con el pino cembro que había nacido en la ruina. A las cinco, cuando ya estaba demasiado cansado para hacer nada más, removí con el pico la tierra que rodeaba al árbol y conseguí arrancarlo con sus raíces. Tenía un tronco fino y torcido por la forma en que había crecido, buscando la luz entre los escombros. Las raíces le daban el aspecto de un moribundo y me apresuré a trasplantarlo cerca de allí. Cavé un agujero en el borde del realce, desde donde se veía mejor el lago, y allí lo puse; tapé las raíces con tierra y la apreté bien. Pero cuando dejé el arbolillo al viento, al que no estaba acostumbrado, empezó a balancearse de un lado a otro. Me pareció entonces una criatura demasiado frágil, largo tiempo protegida por las piedras y de improviso a merced de los elementos.

—¿Crees que lo conseguirá? —pregunté.

—Uf —dijo Bruno—. Es una planta rara. Fuerte para crecer donde crece y débil en cuanto la pones en otro sitio.

—¿Tú ya lo has intentado?

—Alguna vez.

—¿Y cómo fue?

—Mal.

Miró al suelo, como hacía cuando recordaba algo. Dijo:

—Mi tío quería poner un cembro delante de casa. No sé por qué, a lo mejor pensaba que le daría suerte. Una suerte que necesitaba, todo hay que decirlo. Así que cada año me mandaba a la montaña para que cogiera un retoño. Pero siempre acababa pisoteado por las vacas, y poco después dejamos de intentarlo.

—¿Cómo lo llamáis vosotros?

—¿Al cembro? *Arula*.

—Ah, claro. ¿Y da suerte?

—Eso dicen. Si te lo crees, a lo mejor te la da.

Diera suerte o no, me había encariñado con ese arbolillo. Planté un buen palo pegado al tronco y lo até con una cuerda en varios lados. Luego fui al lago a llenar de agua una cantimplora para regarlo. Cuando regresé, vi que Bruno había construido una especie de tarima al pie de la pared grande. Había colocado en el suelo dos vigas del antiguo tejado y clavado unas tablas. En ese momento estaba sacando de la mochila un alambre y una tela impermeable, de las que usaban en Grana para tapar el heno en los campos. Con palitos de madera fijó entonces dos extremos de la tela a una grieta de la roca y los otros al suelo, con lo que hizo un cobijo, donde metió la mochila y las provisiones.

—¿Vamos a dejar todo eso aquí? —pregunté.

—No lo vamos a dejar, yo también me quedo.

—¿Qué quieres decir con que te quedas?

—Que duermo aquí.

—¿Vas a dormir aquí?

Ahora sí que se puso nervioso. Me respondió con brusquedad:

—No puedo perder cuatro horas de trabajo cada día, ¿no te parece? El albañil permanece en la obra de lunes a sábado. El peón va y vuelve con el material. Así es como se trabaja.

Observé el chamizo que se había hecho. Solo ahora me explicaba el motivo de que su mochila estuviese tan llena.

—¿Y pretendes dormir aquí cuatro meses?

—Tres o cuatro meses, el tiempo que haga falta. Es verano. El sábado bajaré para dormir en una cama.

—Pero ¿yo no tendría que quedarme también aquí?

—A lo mejor después. Todavía hay que traer un montón de material. He pedido prestada una mula.

Bruno había reflexionado largo tiempo sobre el trabajo que nos aguardaba. Yo estaba improvisando; él, no. Había programado cada fase, mis cometidos y los suyos, los tiempos y los desplazamientos. Me explicó dónde había preparado las cosas y todo lo que debía llevarle al día siguiente. Su madre me enseñaría cómo cargar la mula.

Dijo:

–Te espero a las nueve de la mañana. A las seis de la tarde quedarás libre. Siempre que te vaya bien, claro.

–Por supuesto que me va bien.

–¿Crees que lo conseguirás?

–Desde luego.

–Estupendo. Entonces, adiós.

Consulté la hora: eran las seis y media. Bruno cogió una toalla y jabón y subió la cuesta para lavarse en algún lugar que conocía. Observé la ruina, que seguía pareciéndose mucho a como la habíamos encontrado por la mañana, solo que el interior estaba vacío y fuera había un buen montón de leña. Me dije que no estaba mal para ser el primer día de trabajo. Luego cogí la mochila, me despedí de mi arbolillo y me encaminé hacia Grana.

Había una hora que me gustaba más que las otras en ese mes de junio, y era precisamente aquella en la que bajaba solo al final de la jornada. Por la mañana era diferente: tenía prisa, la mula no me obedecía, lo único que yo quería era llegar. En cambio, por la tarde no había ningún motivo para correr. Me marchaba a las seis o a las siete, con el sol aún alto al fondo del cañón; había luz hasta las diez y nadie me esperaba en casa. Andaba despacio, con el cansancio que me entorpecía las ideas y la mula detrás, sin que tuviera que preocuparme por ella. Desde el lago hasta el derrubio los costados de la montaña estaban llenos de rododendros. En la alzada de los Guglielmina, alrededor de los refugios desiertos, sorprendía a corzos paciendo en los pastos abandonados, levantaban las orejas y me miraban asustados, luego huían al bosque como ladrones. A veces me quedaba ahí fumando un cigarrillo. Mientras la mula pastaba, me sentaba en el tocón de alerce donde a Bruno y a mí nos habían hecho aquella foto. Observaba la alzada y el extraño contraste entre la desolación de las cosas humanas y el esplendor de la primavera: las tres alzadas languidecían, los muros se encorvaban como viejas espaldas, los tejados cedían al peso de los inviernos; alrededor, todo eran brotes de hierbas y flores.

Me habría encantado saber qué hacía Bruno en ese momento. ¿Había encendido un fuego o caminaba solo por la montaña, o iba a seguir trabajando hasta el anochecer? En muchos aspectos, el hombre en el que se había convertido me sorprendía. Me habría esperado encontrar, si no la réplica de su padre, al menos la de sus primos o de uno de esos albañiles con los que antes lo veía en el bar. Pero lo cierto es que no tenía nada que ver con esa gente. Me daba la impresión de ser alguien que en un momento dado de la vida había renunciado al trato con los demás, había encontrado un rincón de mundo y allí se había recluido. Me recordaba a su madre: la veía a menudo en esos días cuando recogía las cosas por la mañana. Me explicaba cómo había que colocar la albarda, fijar las herramientas o las tablas en los costados de la mula, espolearla cuando se negaba a avanzar. Pero no había dicho palabra sobre mi regreso ni sobre el trabajo que hacía con su hijo. Desde que él era pequeño parecía que nada le interesaba de nuestras vidas, que ella estaba bien donde estaba y que los demás pasaban a su lado como las estaciones. Me preguntaba si no ocultaba sentimientos de otra clase.

Reanudaba el camino a lo largo del torrente y llegaba a Grana casi de noche, ataba la mula al pie de la casa, prendía la estufa y ponía una olla de agua al fuego. Si la tenía, abría una botella de vino. En la despensa solo había pasta, conservas, alguna lata para emergencias. Después de los dos primeros vasos me sentía muerto de cansancio. A veces echaba la pasta y me quedaba dormido mientras cocía, y ya de noche, con la estufa apagada, la botella a medias, encontraba mi cena hecha una papilla incomible. Entonces abría una lata de judías y las devoraba con una cuchara, sin siquiera ponerlas en un plato. Luego me echaba en el colchón debajo de la mesa, me metía en el saco de dormir y enseguida me dormía.

Hacia finales de junio llegó mi madre con una amiga. Sus amigas se turnaban para acompañarla todo el verano, pese a que a mí no me parecía en absoluto una viuda inconsolable. Pero ella misma me dijo que la alegraba tener a alguien cerca y yo advertía la confianza silenciosa que la unía a aquellas mujeres: hablaban poco en mi presencia, se entendían con una mirada. Las veía compartir la vieja casa con una intimidad que me parecía más valiosa que las palabras. Después del austero funeral de mi padre yo había reflexionado largamente sobre su soledad, esa especie de permanente conflicto entre él y el resto del mundo: había muerto en su coche sin que ningún amigo lo extrañase. En cambio, en mi madre veía los frutos de una larga vida pasada cuidando las relaciones, ocupándose de ellas como de las flores de su balcón. Me preguntaba si un talento así podía aprenderse o si, sencillamente, se nacía con él. Si yo todavía estaba a tiempo de aprenderlo.

Así, ahora, cuando bajaba de la montaña, dos mujeres se ocupaban de mí, encontraba la mesa puesta y sábanas limpias en la cama: ya nada de judías ni de saco de dormir. Cuando terminábamos de cenar, mi madre y yo nos quedábamos charlando en la cocina. Con ella me resultaba fácil, y una vez le dije que era como haber vuelto a muchos años atrás, pero descubrí que teníamos recuerdos distintos de nuestras veladas. En los suyos, yo siempre estaba callado. Me recordaba sumido en mi mundo imposible de invadir y del que le enviaba raros relatos. Ahora le alegraba tener cosas que recuperar.

En la *barma* Bruno y yo habíamos empezado a levantar los muros. Le describía a mi madre el modo en que trabajábamos, encantado de mis descubrimientos como peón: en realidad, cada muro estaba hecho de dos hileras paralelas de piedras, separadas por un espacio que rellenábamos con otras piedras más pequeñas. De vez en cuando, una piedra grande atravesada unía las dos hileras. También usábamos cemento, la menor cantidad posible, no por ecología, sino porque yo lo subía en sacos de veinticinco kilos. Mezclábamos el cemento con arena del lago y volcábamos la pasta entre las piedras, de manera que desde fuera no se viese, o se viese lo menos posible. Durante muchos días hice el recorrido de la *barma* al lago con ese fin: había una pequeña playa, en la orilla opuesta, a la que iba a llenar las alforjas de la mula. Me encantaba la idea de que esa arena fuera a mantener firme la casa.

Mi madre me escuchaba con atención, pero lo que le interesaba no era la carpintería.

—¿Y qué tal con Bruno? —me preguntó.

—Es raro. A veces me parece que nos conocemos de toda la vida, pero si lo pienso no sé casi nada de él.

—¿Qué es lo raro?

—La manera en que me habla. Es muy amable conmigo. Mejor dicho, es más que amable, es afectuoso. No recordaba eso de él. Siempre me parece que hay algo que no comprendo.

Eché un trozo de leña en la estufa. Me apetecía un cigarrillo. Me daba apuro fumar delante de mi madre, pese a que quería librarme de ese absurdo secreto, pero no lo conseguía. En cambio, fui por la botella de aguardiente y me serví dos dedos. El aguardiente, no sé por qué, no me daba apuro.

Cuando volví a mi silla mi madre dijo:

—Bruno ha estado muy cerca de nosotros estos años. A veces venía todas las noches. Papá lo ayudó muchas veces.

—¿En qué lo ayudó?

—No en sentido práctico, ¿cómo lo explicaría? Bueno, sí, a veces también le habrá prestado dinero, pero no es eso. En un momento dado, Bruno se peleó con su padre. Ya no quiso trabajar más con él, creo que no lo ve desde hace años. Así que, si necesitaba un consejo, venía aquí. Se fiaba mucho de lo que le decía papá.

—No lo sabía.

—Además, siempre me preguntaba por ti, que cómo estabas, que a qué te dedicabas. Yo le contaba lo que escribías en las cartas. Nunca dejé de darle noticias tuyas.

—No lo sabía —repetí.

Estaba descubriendo qué le pasa a uno cuando se marcha: que los demás siguen viviendo sin él. Me imaginaba las noches entre ellos cuando Bruno tenía veinte o veinticinco años y estaba allí hablando con mi padre en mi lugar. Quizá no habría pasado si yo me hubiese quedado, o quizá habríamos compartido esos momentos; más que sentir celos, me arrepentía de no haber estado. Me parecía que me había perdido las cosas más importantes mientras estaba atareado en otras que ni siquiera recordaba.

Terminamos los muros y llegó el momento de construir el tejado. Ya era julio cuando fui a una herrería del pueblo a recoger ocho abrazaderas que había encargado Bruno, dobladas de una manera que él quería, junto con unas docenas de tornillos de expansión de un palmo de largo. Cargué el material en la mula junto con un pequeño generador a motor, el gasóleo para su funcionamiento y mi viejo equipo de escalada. Una vez que llegué con todo subí a la parte alta de la pared rocosa, donde no había estado nunca. Allí había alerces. Me sujeté a uno de los más grandes y bajé con una cuerda doble hasta media pared, armado de una taladradora eléctrica: luego pasé el día entre las órdenes que Bruno me gritaba desde abajo, el borboteo del generador y el ruido ensordecedor de la taladradora que agujereaba la roca.

Se necesitaban cuatro tornillos para cada abrazadera. Para ocho abrazaderas había que hacer treinta y dos agujeros. Según Bruno, esos números eran la clave de todo el trabajo, pues en invierno la pared rocosa descargaría nieve sin parar, de modo que había meditado largo tiempo para construir un tejado que soportase esos impactos. Varias veces trepé por las cuerdas, moví un poco el anclaje y bajé para agujerear la roca siguiendo sus indicaciones; al atardecer, las ocho abrazaderas estaban colocadas, a unos cuatro metros de altura y con la misma distancia de separación entre ellas.

Ahora nuestras jornadas terminaban con una cerveza, que guardaba en la mochila por la mañana junto con las provisiones. Nos sentamos a beber delante de la hoguera negra de cenizas y brasas. Yo, en cambio, estaba blanco de polvo de roca y tenía las manos doloridas a causa de la taladradora. Pero cuando levanté la vista, las abrazaderas de acero brillaban en la pared al sol de la tarde. Me sentía orgulloso de que Bruno hubiese decidido confiarme ese trabajo.

—El problema de la nieve es que nunca sabes cuánto puede pesar —dijo—. Hay cálculos de la carga, pero luego es preferible duplicarlo todo.

—¿Qué cálculos?

—A ver, un metro cúbico de agua pesa diez quintales, ¿cierto? La nieve puede pesar entre tres y siete, dependiendo del aire que contenga. De modo que si un tejado tiene que soportar dos metros de nieve, habrá que calcular una carga de catorce quintales. Yo la duplico.

—Perdona, pero ¿cómo hacían antes?

—Antes lo apuntalaban todo. Antes de marcharse, en otoño. Llenaban la casa de palos de refuerzo. ¿Te acuerdas de esos troncos anchos y cortos que encontramos? Pero se ve que hubo un invierno en el que tampoco bastaron o, quién sabe, a lo mejor se olvidaron de ponerlos.

Miré la parte alta de la pared. Traté de imaginarme la nieve que se acumulaba arriba, se desprendía y caía. Era un buen salto.

—A tu padre le encantaba hablar de estos temas —dijo Bruno.

—Ah, ¿sí?

—El ancho que deben tener las vigas, la distancia que debe haber entre ellas, la clase de madera que es mejor usar. El abeto no conviene, porque es una madera blanda.

El alerce es una madera más dura. No se conformaba con que se lo dijese, siempre quería saber el motivo de todo. El hecho es que uno crece a la sombra y el otro al sol: es el sol lo que endurece la madera, la sombra y el agua lo ablandan y no vale para las vigas.

—Sí, ya lo creo que le gustaba.

—Incluso se compró un libro. Yo le decía: déjalo, Gianni, preguntémosle a algún viejo albañil. Lo llevé donde mi antiguo jefe. Fuimos con el proyecto y tu padre llevó un cuadernito en el que lo anotó todo. Aunque me parece que aun así después consultó el libro, porque se fiaba poco de la gente, ¿verdad?

—No lo sé —dije—. Creo que sí.

Desde el día del funeral no oía el nombre de mi padre. Oírlo pronunciado por Bruno me gustó, pese a que a veces me parecía que habíamos conocido a dos personas distintas.

—¿Mañana montamos las vigas? —pregunté.

—Primero hay que cortarlas a medida. Y prepararlas para las abrazaderas, ya veremos qué tal nos va.

—¿Crees que tardaremos mucho?

—No lo sé. Una cosa a la vez, ¿vale? Ahora, esa cerveza.

—De acuerdo. Ahora, esa cerveza.

Entretanto, me ponía en forma otra vez. Al cabo de un mes haciendo cada mañana el camino volvía a tener el ritmo de antes. Me parecía que la hierba, en los campos que bordeaban el sendero, estaba cada día más tupida, más tranquila el agua del torrente, más lozano el verde de los alerces: y que, para el bosque, la llegada de julio se parecía al final de una juventud tumultuosa. También era la época en la que yo llegaba de niño. La montaña recuperaba el aspecto que me era más familiar cuando creía que arriba las estaciones no cambiaban y que un verano perenne esperaba mi vuelta. En Grana veía a los ganaderos preparando los establos y moviéndose con los tractores. En pocos días llevarían los rebaños y la parte baja de la cañada se repoblaría.

A la zona alta, en cambio, no iba nadie. Había dos ruinas más en los alrededores del lago, no lejos del camino que hacía constantemente. La primera, invadida de ortigas, estaba tal y como había encontrado la mía en primavera. Pero el tejado solo se había hundido parcialmente y lo que vi dentro tenía el aspecto desolador de siempre: el único espacio había sido saqueado, como si el dueño se hubiese vengado de una vida tan miserable o la gente que había pasado por allí hubiese buscado inútilmente algo de valor. Quedaba una mesa, una banqueta coja, platos tirados entre los desechos y una estufa que me pareció que seguía en buen estado, y por la que pretendía volver antes de que un hundimiento la enterrase del todo. En cambio, la segunda ruina no era sino el recuerdo de una construcción mucho más antigua y compleja: la primera no podía tener más de un siglo, esta al menos tenía tres. No era un simple establo sino una alzada grande provista de cuerpos diferentes, casi una pequeña aldea, con escalinatas exteriores de piedra y vigas maestras imponentes y misteriosas, dado que los árboles de grandes dimensiones crecen varios cientos de metros más abajo y no conseguía imaginarme cómo los habían subido. Dentro de las casas no había nada aparte de las paredes lavadas por las lluvias y todavía rectas. En comparación con las cabañas a las que estaba acostumbrado, aquellas ruinas parecían hablar de una civilización más noble que se había consumido en una época de decadencia hasta extinguirse.

Cuando subía me gustaba parar un minuto en la orilla del lago. Me agachaba para acariciar el agua y al tacto conocía su temperatura. El sol, que iluminaba las cumbres del Grenon, aún no había llegado a la cuenca, y el lago conservaba algo nocturno, como un cielo que todavía no ha oscurecido pero tampoco ha aclarado. No recordaba bien por qué me había alejado de la montaña, ni qué había amado cuando había dejado de amarla a ella, pero tenía la sensación, cuando cada mañana emprendía su ascenso, de que nos estábamos reconciliando.

En aquellos días de julio la *barma* parecía un aserradero. Había hecho varios viajes llevando tablones y ahora el realce estaba lleno de maderos amontonados, tablas de abeto de dos metros todavía blancos y que olían a resina. Las ocho vigas estaban suspendidas entre la pared rocosa y el muro largo, fijadas a las abrazaderas de acero, con una inclinación de treinta grados y sujetas en el centro por un largo tronco de alerce. Casi podía imaginarme la casa, ahora que estaba hecho el esqueleto del tejado: la puerta daba al oeste y dos ventanas grandes daban al norte, sus ojos al lago. Bruno había preferido hacerlas en forma de arco, dedicando días enteros a moldear las piedras con mazo y cincel. En el interior iba a haber dos habitaciones, una por cada ventana. De las dos plantas bajas de la vieja ruina –del establo de abajo y la estancia de arriba– habíamos sacado una, más alta y amplia. A veces trataba de formarme una idea de la luz que iba a entrar, pero eso ya desbordaba demasiado mi imaginación.

Al llegar atizaba las brasas del hogar, echaba unas ramas secas, llenaba una olla de agua y la ponía al fuego. Sacaba de la mochila el pan fresco y un tomate, de los que la madre de Bruno, milagrosamente, conseguía cultivar a mil trescientos metros de altura. Me acercaba al campamento en busca de café y encontraba el saco de dormir revuelto, un trozo de vela pegado a las tablas, un libro abierto por la mitad. Le echaba una ojeada a la portada y sonreía al leer el nombre de Conrad. De toda la escuela de mi madre, a Bruno se le había quedado la pasión por las novelas marinas.

Él salía de la casa cuando le llegaba el olor del fuego. Permanecía dentro midiendo y cortando los tablones del tejado. Con el paso de los días su aspecto se volvía más selvático, y si perdía la noción del tiempo, sabía por su barba qué día era. A las nueve ya lo encontraba en plena faena, absorto en pensamientos de los que le costaba salir.

—Ah —decía—. Estás aquí.

Levantaba la mano y me dirigía su saludo manco, luego venía a desayunar conmigo. Partía un trozo de pan y una rebanada de queso de cabra con el cuchillo. Los tomates los comía así, a mordiscos, sin sal ni nada, observando la obra y pensando en el trabajo que nos aguardaba.

7

Era la estación del regreso y de la reconciliación, dos palabras en las que pensaba a menudo mientras transcurría el verano. Una noche mi madre me contó algo sobre ella, mi padre y la montaña, de cómo se habían conocido y de cómo habían terminado casándose. Saber aquello tan tarde resultaba raro, dado que era la historia del nacimiento de nuestra familia y, por tanto, de cómo había nacido yo. Pero de pequeño no estaba preparado para esa clase de relatos, y después me había negado a escucharlos: con veinte años me habría tapado las orejas con tal de no enterarme de recuerdos de familia, e incluso aquella noche mi primera reacción fue de contrariedad. Una parte de mí sentía apego por las cosas que no sabía. Miraba por la ventana mientras escuchaba, hacia el flanco opuesto del cañón en la penumbra de las nueve de la noche. Ese lado estaba repleto de abetos, era un bosque sin claros que descendía decidido hasta el torrente. Solo un largo barranco lo cortaba con un surco más amplio, y era en lo que me estaba fijando.

Luego, durante el relato de mi madre, empezó a surgirme un sentimiento distinto. Pensé: pero si conozco esta historia. Y era verdad que a mi manera la conocía. Durante años había coleccionado los fragmentos, como alguien que tiene las páginas arrancadas de un libro y las ha leído mil veces salteadas. Había visto fotografías, escuchado conversaciones. Había observado a mis padres y su manera de actuar. Sabía con qué temas guardaban silencio, por cuáles discutían, y qué nombres del pasado tenían el poder de entristecerlos o de conmoverlos. Era dueño de cada parte de la historia, pero no había conseguido reconstruirla entera.

Después de un rato mirando fuera, vi que unas ciervas esperaban en la otra orilla. En el barranco debía de haber un reguero de agua y cada atardecer, antes de que se pusiera el sol, salían del bosque para abrevar. El agua no se distinguía desde esa distancia, pero las ciervas me revelaban que había agua. Iban de un lado a otro siguiendo su propio rastro, y las estuve observando hasta que oscureció tanto que ya no pude ver nada.

La historia es la siguiente: en los años cincuenta mi padre era el mejor amigo del hermano de mi madre, mi tío Piero. Ambos eran de 1942, cinco años menores que ella. Se habían conocido de niños, en un camping, adonde los llevaba el cura del pueblo. En verano pasaban un mes entero en las Dolomitas. Dormían en tienda de campaña, jugaban en los bosques, aprendían a ir a la montaña y a arreglárselas solos, y fue esa vida la que los hizo tan amigos. Podía entenderlo, ¿verdad?, dijo mi madre. Sí, no me costaba nada imaginármelos.

Piero iba muy bien en el colegio, mi padre tenía un carácter y unas piernas más fuertes. Aunque eso no es exacto: en ciertos aspectos era el más débil de los dos, pero también el que contagiaba a los demás con su entusiasmo, el más fantasioso e inquieto. Alegraba tenerlo cerca y en parte por eso, en parte porque vivía en un internado, se convirtió enseguida en un miembro más de la familia. A mi madre le pareció un chiquillo con demasiada energía, alguien que necesitaba correr y cansarse más que los otros. En aquel entonces a nadie le impresionaba que fuese un huérfano. Era un caso bastante frecuente en la posguerra, como también era muy frecuente recoger en casa a un hijo ajeno, al hijo de un pariente muerto o emigrado a saber dónde. En la granja sobraba espacio y también trabajo.

No es que mi padre necesitase una colocación práctica. No le faltaba un techo: lo que le faltaba era una familia. Así, a los dieciséis o diecisiete años estaba allí siempre, el sábado y el domingo, y todos los días de verano para la cosecha, la vendimia, la siega, la poda del bosque. Le gustaba estudiar. Pero también le gustaba la vida al aire libre. Pero mi madre me contó de la vez que él y Piero se retaron a pisar no sé cuántos quintales de uva y de cómo, tan jóvenes, descubrieron el vino, y del día en que los encontraron escondidos en la bodega, completamente borrachos. Historias parecidas había infinidad, dijo, pero quería que una cosa me quedase clara: esa relación no había nacido ni se había desarrollado por azar. Detrás había una voluntad clara. El cura, el de la montaña, era amigo de mi abuelo, había llevado de campamento a los chicos y a las chicas durante años, y veía con buenos ojos que mi padre se vinculase con ellos. A su vez, mi abuelo había aceptado recibir a ese huérfano en su casa. Aquella era también una manera de pensar en su futuro.

Piero se parecía a mí, dijo mi madre. Era taciturno, reflexivo. Tenía una sensibilidad que lo hacía capaz de comprender a los demás, y al mismo tiempo lo dejaba un poco indefenso con los caracteres más fuertes que el suyo. Cuando llegó el momento de matricularse en la universidad no dudó en la elección: desde siempre, lo que más deseaba era ser médico. Habría sido un buen médico, dijo mi madre. Tenía lo necesario para serlo, sabía escuchar y ser compasivo. En cambio, mi padre, más que por los seres humanos se sentía atraído por la materia: por la tierra, por el fuego, por el aire, por el agua; le gustaba la idea de hundir las manos en la materia del mundo y descubrir cómo estaba hecho. Sí, pensé, así era él. Así lo recordaba, fascinado por cada grano de arena y de cristal de hielo y completamente indiferente a la gente. Podía imaginarme el ardor con que, a los diecinueve años, se había adentrado en el estudio de la química.

Entretanto, habían empezado a ir a la montaña por su cuenta. De junio a septiembre, cada sábado o casi cada sábado, cogían el autobús a Trento o a Belluno, luego subían a los valles en autostop. Pasaban la noche en los prados o a veces en los heniles. No tenían dinero para comprarse nada. Pero nadie que iba a la montaña en aquella época tenía dinero, dijo mi madre: los Alpes eran la aventura de los pobres, el Polo Norte o el océano Pacífico para chicos como ellos. Mi padre era el que estudiaba los mapas y proyectaba nuevas gestas. Piero era más prudente, pero también más obstinado. Necesitaba tiempo para convencerse, pero luego difícilmente se retiraba a medio camino, y era el compañero ideal para alguien como mi padre, quien, en cambio, tendía a desanimarse si las cosas se torcían.

Hasta que hubo un viraje en sus vidas. Química era más corta que medicina, de modo que mi padre se licenció antes y en 1967 se fue a hacer el servicio militar.

Acabó en artillería de montaña, subiendo cañones y morteros por los caminos de herradura de la Gran Guerra. Su licenciatura le daba derecho al grado de suboficial, o «sargento de mulas», como decía él: ese año no hizo mucha vida de cuartel, lo pasó entero yendo de un valle a otro con su compañía. Descubrió que esa vida no le desagradaba nada. Cuando volvía parecía más viejo, ya no era el muchacho que se había ido ni tampoco era como Piero, que seguía dedicándose a los libros. Era como si acabase de conocer un sabor más duro y real, y le hubiese cogido gusto. Experimentó, aparte de las borracheras de aguardiente, las largas marchas y los campos en la nieve. De la nieve era de lo que le hablaba a Piero durante los permisos. De sus formas, de su carácter mudable, de su lenguaje. En los arrebatos de joven químico que tenía entonces se había enamorado de un elemento nuevo. Decía que en invierno la montaña era un mundo completamente distinto, al que ellos dos tenían que ir juntos.

Así, en la Navidad de 1968, poco después de licenciarse, él y Piero inauguraron su primera temporada invernal. Pidieron prestados los esquís y las pieles de foca. Empezaron a ir a los lugares que conocían mejor, solo que ahora ya no podían dormir bajo las estrellas, tenían que ir a refugios y pagar la estancia. Mi padre estaba muy entrenado, mi tío menos, pues había dedicado el último año a preparar la tesis. Pero también estaba encantado con los nuevos descubrimientos. Apenas les llegaba el dinero para comer y dormir y, por supuesto, no podían costearse un guía alpino, por lo que su técnica era rudimentaria. Pero, al fin y al cabo, según mi padre, el ascenso dependía de las piernas y el descenso se hacía de cualquier modo. Poco a poco iban incluso elaborando un estilo. Hasta que, en marzo, se decidieron por un desfiladero del Sassolungo y atravesaron una pendiente bajo el sol de la tarde.

Veía la escena que mi madre describía por la infinidad de veces que se la había oído contar. Mi padre iba un poco más adelante, se había quitado un esquí para colocarse el enganche, cuando notó que el suelo cedía bajo sus pies. Oyó un crujido, semejante al de una ola que se retira sobre la arena. Y era realmente como si toda la pendiente que acababa de cruzar se estuviese desmoronando. Al principio, con increíble lentitud: mi padre resbaló un metro, consiguió apartarse hacia un lado y agarrarse a una roca, vio que su esquí suelto seguía cayendo. Al igual que Piero, que se encontraba en un punto de la pendiente más lisa y empinada. Vio que perdía el equilibrio y que caía con el pecho contra el suelo y la cabeza reclinada, buscando con las manos un punto de apoyo que no encontraba. Luego la bola de nieve cobró velocidad y volumen. No era la nieve seca del invierno, que cae en polvo, sino nieve húmeda de primavera, que cae rodando. Rueda y se amontona donde encuentra un obstáculo, y hundió a Piero sin arrollarlo o arrastrarlo: lo cubrió y siguió el descenso. Doscientos metros más abajo la pendiente se allanaba y la avalancha paró.

Antes de que todo se detuviera mi padre bajó corriendo, pero no conseguía dar con su amigo. Ahora la nieve estaba dura. Nieve pesada y bien prensada por la caída. Dio vueltas por la avalancha gritando, mirando por todas partes para ver si algo se movía, pero la nieve volvía a estar inmóvil, pese a que no había pasado más de un minuto desde el desprendimiento. En los meses siguientes mi padre contaba lo ocurrido así: era como si a un animal enorme lo hubiesen molestado cuando dormía, hubiese gruñido ligeramente, se hubiese librado del engorro y colocado donde se sentía más cómodo, y por fin se hubiera quedado de nuevo dormido. Para la montaña no había pasado nada.

La única esperanza, que rara vez se cumple, era que debajo de Piero se hubiese creado una burbuja de aire para que pudiese respirar. Por otro lado, mi padre no tenía pala y tomó la única decisión sensata: empezó a bajar hacia el refugio en el que habían pasado la noche, solo que un poco más abajo se hundió en la nieve blanda. Entonces subió, se puso el esquí que le quedaba y, como pudo, fue bajando despacio y cayéndose continuamente, pero eso era preferible a hundirse a cada paso. A media tarde llegó al refugio y llamó a los socorristas. Que llegaron cuando ya era de noche y encontraron a mi tío a la mañana siguiente, muerto bajo un metro de avalancha, asfixiado en la nieve.

Para todo el mundo fue evidente que la culpa había sido de mi padre. ¿Podían acaso achacársela a otro? Dos hechos demostraban que él y Piero se habían tomado el invierno a la ligera: estaban mal equipados y se encontraban arriba a la hora equivocada. Hacía poco había nevado. Hacía demasiado calor para atravesar una pendiente. Mi padre era el más experto de los dos y el que tendría que haberlo sabido, el que tendría que haber evitado ese paso y retirarse antes. Mi abuelo juzgó imperdonables sus errores, y el tiempo no hizo que se le pasara la rabia que sentía contra él, sino que se afianzara. No llegó a cerrarle la puerta de casa, pero ya no le apetecía verlo, y ponía otra cara cuando mi padre aparecía. Luego empezó a irse a otra habitación. Incluso un año después, en la misa en memoria de su hijo, se sentó en el otro extremo de la iglesia. En un momento dado, mi padre se rindió y dejó de molestarlo.

Es justo aquí cuando mi madre aparece en la historia. Si bien, como espectadora, siempre había figurado. Conocía a mi padre de toda la vida, aunque al principio lo había considerado solo como el amigo de su hermano. Luego, al crecer, se había convertido en un amigo también para ella. Habían cantado, bebido, paseado, vendimiado juntos tantas veces que, después del accidente, empezaron a quedar para hablar: mi padre lo estaba pasando muy mal en aquella época y a mi madre no le parecía justo. No le parecía justo echarle toda la culpa y dejarlo solo. Resultó que se hicieron novios más o menos un año antes de casarse. Toda la familia rechazó la invitación a la boda. De modo que se casaron sin parientes, en la montaña, ya listos para irse a Milán, y luego su vida comenzó de nuevo. Con una casa nueva, con trabajos nuevos, amigos nuevos, montañas nuevas. Yo también estaba en su nueva vida: es más, dijo mi madre, era lo más nuevo de todo, la razón de que existiera todo lo demás. Yo, con mi viejo nombre, un nombre de familia.

Eso era todo. Cuando mi madre terminó su relato recordé los glaciares. La manera en que mi padre me hablaba de ellos. Él no era alguien que volviera sobre sus pasos, ni le gustaba evocar los días tristes, pero a veces, en la montaña, incluso en aquellas montañas vírgenes en las que no había muerto ningún amigo, miraba el glaciar y recordaba algo. Decía: el verano borra los recuerdos igual que derrite la nieve, pero el glaciar es la nieve de los inviernos lejanos, es un recuerdo de invierno que no quiere ser olvidado. Solo ahora comprendía de qué hablaba. Y por fin comprendía que había tenido dos padres: el primero era el extraño con el que había vivido veinte años, en la ciudad, y roto los puentes otros diez; el segundo era el padre de la montaña, el que apenas había intuido y sin embargo conocido mejor, el hombre que iba detrás de mí en los senderos, el amante de los glaciares. Este otro padre me había dejado una ruina para que la reconstruyera. Entonces decidí olvidar al primero y hacer el trabajo para recordarlo a él.

8

En agosto habíamos terminado el tejado de la casa. Se componía de dos capas de tablones separados por una plancha y un aislante. En la parte externa había tejas de alerce, sobrepuestas entre sí y con surcos para que corriera el agua; en la parte interna había listones de abeto: el alerce protegería la casa de la lluvia, el abeto mantendría el calor. Habíamos decidido no ponerle tragaluz al tejado. Incluso en un mediodía de verano, que no hubiera tragaluz hacía el interior bastante umbroso. Las ventanas que daban al norte no recibían luz directa, pero cuando miré hacia fuera vi la montaña enfrente, elevándose al otro lado del lago y resplandeciendo casi blanca. A esa hora sus promontorios y sus pedregales cegaban. La luz que entraba por las ventanas llegaba de allí, como desde un espejo: era una casa construida mirando en sentido opuesto.

Salí al realce para contemplar aquella montaña al sol. Luego me volví hacia la nuestra, hacia el Grenon tapado por el cielo. Me apetecía subir a la cumbre y ver qué aspecto tenía la *barma* desde arriba. Llevaba dos meses teniéndola encima de mi cabeza, pero en ningún momento se me había ocurrido hacerlo: creo que las piernas y el calor del verano me dictaban ese deseo. De nuevo mis piernas estaban fuertes y ágiles, y el verano me invitaba a subir.

Bruno bajó del tejado, en el que ahora se ocupaba pacientemente de una tarea. Tenía que fijar una plancha de plomo entre la pared rocosa y el tejado, para que el agua cayese por ahí en los días lluviosos y no entrase en la casa. Había que perfilar poco a poco la plancha con un martillo, para que recorriese todos los salientes y las entradas de la pared y se fijase bien. El plomo era blando y delicado, y ya parecía casi firme en la roca, como una vena opaca. Así, el tejado y la pared se convertían en la misma superficie.

Le pregunté a Bruno por el sendero que conducía al Grenon, y él me señaló una pista que subía al lago por la pendiente. Desaparecía en una espesura de alisos, atravesaba una zona húmeda y reaparecía más adelante, entre barrancos de nuevo herbosos. Detrás, dijo, lo que parecía un pico ocultaba en realidad otra cuenca y otro lago más pequeño que el nuestro. Desde el lago, todo era pedregal. No había un sendero propiamente dicho para ascenderla, a lo mejor un montón de piedras o un camino de gamuzas, pero, de todos modos, me señaló un corte en la cumbre más alta, donde se veía un resto de nevero. Si no perdía de vista aquella nieve, dijo, no podía perderme. Saldría a la cresta y luego sería fácil llegar arriba.

—Me gustaría dar una vuelta por allí —dije—. A lo mejor el sábado o el domingo, si sale el sol.

—Anda, ve ahora —dijo Bruno—. Esto puedo hacerlo solo.

—¿Estás seguro?

—Desde luego. Día libre. Vete, vete.

El lago superior era completamente distinto del nuestro. Los últimos pinos cembros y alerces pequeños, los últimos arbustos de sauce y de aliso desaparecían poco a poco por la pendiente, y pasado el pico ya soplaba el viento enrarecido de la alta montaña. El lago no era más que una charca verdusca, rodeada de prados bajos y extensiones de arándanos. Había unas veinte cabras sin pastor agazapadas cerca de una ruina, que prácticamente me ignoraron. Allí terminaba el sendero, entre las falsas pistas holladas por el paso del ganado, donde ya no quedaba hierba sino solo pedregal. Veía bien el nevero en el pico y recordaba las reglas de mi padre: tracé una línea entre la nieve y mi ubicación y emprendí la marcha. Oía su voz diciendo: recto, sube por aquí.

Hacía mucho que no sobrepasaba la cota del bosque. Nunca había estado solo: pero debía de haber aprendido bien, pues me movía a mis anchas por el pedregal. Más arriba veía un montón de piedras y me dirigía hacia allí, desplazándome de una piedra a otra siguiendo un instinto que me hacía preferir las grandes y firmes y evitar las tambaleantes. Encontraba una virtud elástica en la roca, que no absorbía el paso como la tierra o la hierba, sino que devolvía a las piernas su propia fuerza, brindaba al cuerpo el impulso para continuar. Así, una vez que puse un pie en una piedra y trasladé el peso hacia delante y hacia arriba, el otro pie empezó a llegar cada vez más lejos: me vi corriendo y saltando por el pedregal y dejando de controlar el movimiento de las piernas para permitir que fueran solas. Sentía que me podía fiar de ellas, y que no fallarían. Me acordé de mi padre y lo alegre que lo veía cuando cruzábamos la cota de los prados y entrábamos en el mundo de la roca. Quizá era la misma alegría que yo sentía en mi cuerpo.

Alcancé el pequeño nevero jadeando por la carrera. Paré para palpar esa nieve de agosto. Estaba helada y granulosa, tan dura que había que rascarla con las uñas, y recogí un puñado que me pasé por la frente y el cuello para refrescarme. La chupé hasta que sentí un hormigueo en los labios, luego subí el último tramo del pedregal hasta la cumbre. Entonces tuve delante una panorámica de la otra vertiente del Grenon, su lado que daba al sol: a mis pies, después de una franja rocosa, un largo prado descendía suavemente hasta un grupo de refugios y a una pradera punteada por vacas. Me parecía que había bajado de golpe mil metros o que era otra estación. Ante mí, la luz del verano y los sonidos vivos del ganado, y detrás, cuando me volví, un otoño umbroso, oscuro, hecho de roca húmeda y manchas de nieve. La perspectiva hacía que los dos lagos de abajo parecieran gemelos. Busqué la casa que Bruno y yo estábamos construyendo, pero era probable que hubiese subido demasiado, o a lo mejor la casa se camuflaba bien y no pude distinguirla de la montaña de cuya materia estaba hecha.

Los montones de piedras continuaban unos metros por debajo del pico, a lo largo de un hermoso resalte. Pero yo quería trepar y no veía grandes dificultades ante mí, así que decidí hacerlo desde donde estaba. Coloqué las manos en la roca después de muchos años, elegí los puntos de apoyo para los pies y me impulsé. Aunque era una escalada elemental, esos viejos gestos requirieron toda mi atención. Tenía que pensar de nuevo en dónde poner cada mano y cada pie, en usar el equilibrio y no la fuerza, y en procurar ser ligero. Bien pronto perdí la noción del tiempo. No prestaba atención a las montañas de alrededor ni a los dos mundos ajenos entre sí que se precipitaban debajo de mí: solo existía la roca que tenía ante mis ojos, y existían mis manos y mis pies. Hasta que llegué a un punto desde el que ya no podía subir más, y solo por eso me di cuenta de que había llegado a la cumbre.

¿Y ahora?, pensé. Había un cúmulo de piedras en la veta. Además de aquel monumento rudimentario, el Monte Rosa había aparecido con sus glaciares contra el cielo. A lo mejor tendría que haber llevado conmigo una cerveza para celebrar, pero no sentía júbilo ni alivio: decidí quedarme lo que podía tardar en fumar un cigarrillo, saludar a la montaña de mi padre y luego bajar.

Aún sabía reconocer cada una de aquellas cumbres. Las observaba, fumando, de este a oeste, y encontraba todos los nombres en mi recuerdo. Me preguntaba a qué altura estaba, porque me parecía que había sobrepasado los tres mil sin notar nada en la barriga, así que miré alrededor en busca de alguna inscripción. Vi que, encajada en el cúmulo de piedras, había una caseta metálica. Sabía lo que contenía. Abrí la puerta y encontré un cuaderno envuelto en una bolsa de plástico que no había conseguido protegerlo completamente del agua. Las páginas a rayas tenían la consistencia del papel mojado y secado. Había además un par de bolígrafos, con los que los escasos caminantes habían dejado un pensamiento, o a veces solo el nombre y la fecha. El último había pasado por allí hacía más de una semana. Ojeé las páginas y vi que a aquella montaña yerma, desolada y sin senderos, que daba sombra a mi casa y que ya consideraba mía, no subían sino una docena de personas al año, por lo que el cuaderno retrocedía bastante en el tiempo. Leí varios nombres y notas sin importancia. En todos los casos daba la impresión de que, después de tanto esfuerzo, nadie hallaba las palabras para expresar lo que sentía, sino solo trivialidades poéticas o espirituales. Con cierta impaciencia hacia la humanidad, retrocedí páginas, sin saber lo que estaba buscando, hasta que lo encontré: dos líneas de agosto de 1997. Conocía la letra. También el espíritu. Leí: «He subido desde Grana en tres horas y cincuenta y ocho minutos. ¡Sigo en excelente forma! Giovanni Guasti».

Me quedé mirando las palabras de mi padre. La tinta corrida por el agua, la firma menos legible que las dos frases que la precedían. Era la firma de un hombre acostumbrado a hacerla a menudo, ya no era un nombre sino solo un gesto automático. En los puntos exclamativos constaba todo su buen humor de aquel día. Estaba solo, o eso parecía revelar el cuaderno, así que me lo imaginé ascendiendo por el pedregal y llegando a la cumbre como había hecho yo. Estaba seguro de que había estado pendiente del reloj y de que en ese momento se había puesto a correr. Sea como fuere, quería hacerlo en menos de cuatro horas. Se sentía a gusto en la cumbre, orgulloso de sus piernas y feliz de ver de nuevo su montaña luminosa. Pensé en arrancar la página para conservarla, pero luego me pareció un sacrilegio, como llevarme una piedra de la cumbre. Guardé el cuaderno en la bolsa de plástico, lo puse en la caseta y allí lo dejé.

Encontré más mensajes de mi padre en las semanas que siguieron. Estudiaba su mapa de los senderos e iba a buscarlo a las cumbres menos nobles, las olvidadas del valle bajo. En el Monte Rosa, hacia mediados de agosto, hileras de cordadas apuntaban hacia los glaciares y los refugios estaban atestados de alpinistas de medio mundo, pero donde iba yo nunca encontraba a nadie, salvo a algún solitario de la edad de mi padre o quizá mayor que él. Tenía la sensación de que lo veía a él cuando los adelantaba. Y supongo que ellos debían de tener la sensación de que veían a un hijo, pues al verme llegar se apartaban y decían: «¡Paso a los jóvenes!». Comprobé que a esos hombres les gustaba que me detuviera a hablar con ellos, así que empecé a hacerlo. A veces aprovechábamos para compartir un bocado. Todos volvían a las mismas montañas desde hacía treinta, cuarenta o cincuenta años y, como yo, preferían las olvidadas por los alpinistas, los cañones abandonados en los que nada parecía cambiar jamás.

Un hombre de bigote cano me contó que para él era una manera de rememorar su vida. Era como si, cuando una vez al año volvía por el mismo antiguo sendero, se adentrase en los recuerdos y volviese atrás en los años. Era del campo, como mi padre, pero su campo era el del arroz, entre Novara y Vercelli. Desde la casa en la que había nacido veía el Monte Rosa sobre la línea de los campos y desde pequeño le habían explicado que arriba nacía el agua: el agua para beber, el agua de los ríos, el agua para inundar los arrozales, toda el agua que empleaban llegaba de allí; y mientras el glaciar siguiera resplandeciendo en el horizonte nunca habría problemas de sequía. Aquel hombre me gustaba. Era viudo desde hacía unos años y echaba mucho de menos a su mujer. Tenía manchas de sol en la calva y una pipa que rellenó mientras hablábamos. En un momento dado, extrajo de la mochila una cantimplora, vertió dos gotas de aguardiente en un terrón de azúcar y me lo tendió.

—Esto te pone como una moto —dijo. Y unos segundos después—: Pues sí, no hay nada como la montaña para recordar.

Yo también empezaba a saberlo.

Arriba había una cruz torcida, a veces, ni siquiera eso. Yo molestaba a cabras monteses que se apartaban pero no huían. Los machos hacían notar su enfado resoplando;

las hembras y las crías, detrás, se refugiaban. Si tenía suerte, encontraba la cajita de hierro oculta a los pies de la cruz o en algún sitio entre las piedras.

La firma de mi padre estaba en todos esos cuadernos. Solía ser lacónico, siempre fanfarrón. A menudo tenía que retroceder diez años para encontrar apenas tres palabras: «Culminada esta también. Giovanni Guasti». Un día debió de sentirse muy en forma y emocionarse por algo para escribir: «Cabras monteses, águilas, nieve fresca. Como una segunda juventud». En otra nota decía: «Niebla densa hasta la cumbre. Antiguas canciones. Magnífico panorama interior». Yo conozco todas esas canciones, y me habría gustado estar con él para cantarlas en la niebla. Era una vena melancólica que encontré en otro mensaje, que había dejado apenas el año anterior: «He vuelto a subir aquí después de mucho tiempo. Sería bonito que nos quedáramos todos y ya no tuviéramos que ver a nadie ni que bajar más al valle».

¿Qué todos?, me pregunté. ¿Y dónde estaba yo ese día? A saber si ya había empezado a sentir débil el corazón, o si le había ocurrido algo para escribir esas palabras. «Ni que bajar más al valle.» Era el mismo sentimiento que le había hecho soñar con una casa en el lugar más alto, impracticable y aislado, donde vivir alejado del mundo. Yo anotaba las fechas en una libreta antes de devolver el cuaderno al lugar de donde lo había sacado. Nunca añadía nada.

A lo mejor Bruno y yo vivíamos realmente en el sueño de mi padre. Nos habíamos reencontrado en una pausa de nuestras vidas: la que pone fin a una etapa y precede a otra, si bien eso no lo comprenderíamos sino después.

Desde la *barma* veíamos a los halcones revoloteando bajo los nidos, a las marmotas vigilando la entrada de la madriguera. De vez en cuando vislumbrábamos a un pescador o dos, abajo, en el lago, y a algún caminante, pero ellos no levantaban la vista para buscarnos, y nosotros no bajábamos para saludarlos. Esperábamos que todos se hubieran marchado para nadar en las tardes de agosto. El agua del lago estaba gélida y competíamos para ver quién aguantaba más sumergido, luego corríamos por los prados hasta que la sangre circulaba otra vez por las venas. Teníamos una caña de pescar, que no era más que un palo y un sedal con el que de vez en cuando conseguíamos pillar algo, usando saltamontes como carnada. Entonces cenábamos truchas asadas al fuego y vino tinto. Nos quedábamos bebiendo delante de aquel fuego hasta que oscurecía.

Ahora yo también me quedaba a dormir arriba. Acampaba en la casa en construcción, al pie de la ventana. La primera vez pasé largas horas observando las estrellas desde mi saco de dormir y oyendo el viento. Me volvía hacia el otro lado e incluso a oscuras podía notar la presencia de la pared rocosa, como si poseyese un magnetismo o fuerza de gravedad, o como cuando estás con los ojos cerrados y alguien te pone la mano en la frente y notas que está allí. Me parecía que estaba durmiendo en una caverna cavada en la montaña.

Como Bruno, rápidamente me desacostumbré a la civilización: bajaba al pueblo una vez a la semana, de mala gana, solo para hacer la compra, sorprendido de verme entre los coches apenas después de dos horas de camino. Los tenderos me trataban como un turista más, quizá solo más excéntrico que los otros, y eso me gustaba. Me sentía mejor cuando volvía al sendero. Cargaba en la mula el pan, las verduras, el embutido y el queso, el vino, le daba una palmada en el trasero y dejaba que fuese sola por el camino que ya conocía de memoria. A lo mejor realmente nos habríamos podido quedar arriba siempre, y jamás nadie se habría dado cuenta.

Llegaron las lluvias de finales de agosto. También me acordaba de ellas. Son los días que llevan el otoño a la montaña, porque después, cuando el sol regresa, ya no es el sol cálido de antes, y la luz se ha vuelto oblicua y las sombras más largas. Aquellos grupos de nubes lentas, sin forma, que devoran las cumbres, antes me decían que había llegado la hora de irse, y yo me enfadaba con el cielo porque el verano había durado solo un instante. ¿No acababa acaso de empezar? No podía terminar tan pronto.

En la *barma* la lluvia doblaba la hierba de los prados, salpicaba la superficie del lago. Repiqueteaba contra nuestro tejado y ese ruido se confundía con el del fuego. En esos días estábamos recubriendo de abeto una de las dos habitaciones, y nos calentábamos con la estufa que habíamos encontrado. La habíamos instalado contra la pared rocosa. La roca, detrás de la estufa, se entibiaba poco a poco, y devolvía el calor a la habitación; el abeto del que estaba recubierta tendría que haberlo retenido. Pero esa era todavía una idea para el futuro: sin puertas ni ventanas, el viento nos daba en el cuello y la lluvia caía de través por los vanos, y cuando terminábamos de trabajar era agradable estar en casa mirando la estufa y alimentándola con la leña de la vieja ruina.

Una noche Bruno me habló del proyecto que tenía. Quería comprar la alzada de su tío. Llevaba mucho tiempo ahorrando. Sus primos, encantados de librarse de sus malos recuerdos, le habían dado un precio, él había desembolsado todo lo que tenía para abonar el adelanto y esperaba que el banco le concediese un préstamo para pagar el resto. Esos meses en la *barma* habían constituido el ensayo general: ahora sabía que era capaz. Si todo salía bien, pasaría el verano siguiente haciendo el mismo trabajo: quería reestructurar los refugios, comprar algo de ganado y en un par de años poner de nuevo en funcionamiento la alzada.

—Es un buen proyecto –dije.

—Las vacas ya no cuestan nada –dijo él.

—¿Y dan beneficio?

—No mucho. Pero eso da igual. Si fuese por el dinero, seguiría trabajando de albañil.

—¿Ya no te gusta ser albañil?

—Sí que me gusta. Pero siempre he sabido que era temporal. Es algo que soy capaz de hacer, pero no es para lo que he nacido.

—¿Y para qué has nacido?

—Para ser montañés.

Se puso serio para pronunciar esa palabra. Se la había oído decir pocas veces, cuando me hablaba de sus antepasados. Los antiguos habitantes de la montaña que él conocía a través de los bosques, los campos incultos, las casas derruidas que exploraba desde hacía infinidad de tiempo. Antes ese abandono le parecía inevitable, cuando el único destino que veía para sí mismo era el de todos los hombres del valle. Mirar abajo, donde había dinero y trabajo, y no arriba, donde no había sino broza y ruinas. Me contó que en los últimos tiempos su tío ya no arreglaba nada en la alzada. Si una silla se rompía, la quemaba en la estufa. Si veía una planta enferma en el prado, ni siquiera se agachaba para arrancarla. Su padre maldecía cuando le nombraba ese lugar, si de él dependiera, habría acabado con las vacas a tiros, y la idea de que todo se fuera al traste le causaba una alegría malsana.

Pero Bruno se sentía distinto. Tan distinto de su padre, de su tío y de sus primos, que en un momento dado había comprendido a quién se parecía y de dónde le venía la llamada de la montaña.

—De tu madre —dije.

No porque lo supiese de antes: lo pensé en ese momento.

—Sí —dijo Bruno—. Ella y yo somos iguales.

Hizo una pausa para que comprendiese bien esas palabras, y luego añadió:

—Solo que ella es mujer. Si me marcho a quedarme en el bosque, nadie dice nada. Si lo hace una mujer, la toman por bruja. Si yo no abro la boca, ¿qué pasa? No soy más que un hombre que no habla. Una mujer que no habla tiene que estar medio loca.

Era cierto, lo habíamos pensado todos. Yo mismo no había cruzado más de dos palabras con ella. Tampoco ahora, cuando iba a Grana y le recogía las patatas, los tomates y el queso de cabra. Un poco más encorvada y todavía más flaca que antes, seguía siendo la extraña presencia que veía arriba, en el huerto, de chico.

Bruno dijo:

—Si mi madre hubiese sido hombre, entonces sí que habría hecho la vida que quería. Tengo la impresión de que lo suyo no era casarse. Sin duda, no con mi padre. Su única suerte ha sido librarse de él.

—¿Y cómo lo hizo?

—Cerrando la boca. Y estando allí con las gallinas. No puedes meterte demasiado con una mujer así, antes o después la dejas en paz.

—Pero ¿ella te ha contado esas cosas?

—No. O sí, a lo mejor, de alguna manera. Da igual que me las haya contado o no, las he comprendido solo.

Sabía que Bruno tenía razón. Yo también había comprendido cosas parecidas de mis padres. Empezó a darme vueltas por la cabeza la frase, «Su única suerte ha sido librarse de él», y me pregunté si lo mismo le había pasado a mi madre. Tal vez, por lo que la conocía. Quizá no precisamente una suerte, pero sí un alivio. Mi padre había sido un hombre entrometido. Y mandón, y pesado. En su presencia no existía nadie más: su carácter exigía que nuestras vidas gravitaran a su alrededor.

—¿Y tú? —me preguntó Bruno poco después.

—¿Yo qué?

—¿Qué vas a hacer ahora?

—Ah, creo que me voy. Si puedo.

—¿Adónde?

—A lo mejor a Asia. Todavía no lo sé.

Ya le había hablado de mi deseo de viajar. Estaba harto de no tener un céntimo, sobre todo por lo siguiente: en los últimos años había consumido todas mis energías en el esfuerzo de buscarme la vida. No necesitaba nada de lo que no tenía, pero sí la libertad de recorrer el mundo. Ahora, con la pequeña herencia de mi padre, había pagado mis deudas y quería inventarme un proyecto lejos de casa. Me apetecía coger un avión y estar fuera unos meses, sin las ideas muy claras, y comprobar si daba con alguna historia que contar. Nunca lo había hecho.

—Tiene que ser bonito marcharse así —dijo Bruno.

—¿Quieres venir? —le pregunté.

En broma, aunque no del todo. Lamentaba que el trabajo hubiese terminado. Nunca me había sentido tan bien con nadie.

—No, eso no es para mí —dijo él—. Tú eres el que va y viene, yo, el que se queda. Como siempre, ¿no?

La casa, cuando estuvo lista en septiembre, era así: tenía una habitación de madera y una de piedra. La habitación de madera era más grande y cálida, con la estufa, la mesa, dos banquetas, un arcón y una despensa. Algunos de estos muebles procedían de las ruinas de los alrededores, que yo había rescatado y limpiado con aceite y lija, otros los había hecho Bruno con los tablones del antiguo entarimado. Debajo del tejado, contra la pared rocosa, había un altillo al que se accedía con una escalera de mano, el rincón más cálido y apartado de la casa, mientras que la mesa estaba justo pegada a la ventana, de manera que, sentados, podíamos ver el exterior. La habitación de piedra era pequeña y fresca y pensábamos usarla como bodega, taller y almacén. Dejamos allí bastantes de las herramientas que habíamos usado y todos los restos de madera. No había cuarto de baño, agua corriente ni electricidad, pero teníamos cristales gruesos en las ventanas y una sólida puerta de entrada, provista de cerrojo pero no de candado. Solo la habitación de piedra se cerraba con llave. La cerradura servía para evitar que nos robaran las herramientas, pero la habitación de madera se quedaba abierta, como se estilaba en los refugios, por si alguien pasaba por allí en invierno y tenía problemas. Ahora el prado que rodeaba la casa estaba limpio como un jardín; la leña para la estufa estaba protegida bajo un tejadillo y mi pequeño pino cembro torcido miraba al lago, aunque no me parecía más robusto ni mejor desde el trasplante.

El último día fui a Grana para buscar a mi madre. Se ató las botas de cuero que le había visto usar desde que era niño: nunca había tenido otras. Pensaba que le costaría subir; en cambio, fuimos despacio, a su ritmo, pero sin hacer una sola parada, y yo, que iba detrás de ella, vi cómo andaba. Mantuvo el mismo ritmo lento e implacable durante más de dos horas. Daba la sensación de que era imposible verla perder el equilibrio o resbalar.

Le encantó la casa que Bruno y yo habíamos construido. Era un día de septiembre despejado, con poca agua en los torrentes, la hierba se secaba en los prados y el aire ya no era el tibio de agosto. Bruno había encendido la estufa y se estaba bien en casa, tomando un té delante de la ventana. A mi madre le gustaban las ventanas y se quedó allí un buen rato mirando fuera, mientras Bruno y yo organizábamos el material que íbamos a llevarnos. Luego la vi salir al realce y fijarse bien en todo para recordarlo: el lago, los pedregales, las cumbres del Grenon, el aspecto de la casa. Se entretuvo observando la inscripción que el día anterior, con mazo y cincel, había grabado en la pared rocosa. La había repasado con pintura negra y decía:

GIOVANNI GUASTI
1942-2004
EL REFUGIO MÁS HERMOSO, EN TU MEMORIA

Luego nos llamó para cantar una canción. Era el tema que se canta cuando fallece un amante de la montaña, la canción con la que se le pide a Dios que le permita caminar también en la otra vida. Tanto Bruno como yo la conocíamos. Me pareció muy bien, era lo que había que hacer. Faltaba decir algo, lo había pensado hacía poco y decidí decirlo en ese momento para que mi madre fuese testigo: le dije a Bruno que esa casa no era mía sino nuestra. Mía y suya. De los dos. Estaba convencido de que ese era el deseo de mi padre, porque nos la había dejado a los dos y, sobre todo, lo deseaba yo, ya que la habíamos construido juntos. A partir de ese momento, dije, podía considerarla su casa, tanto como la consideraba mía.

—¿Estás seguro? —me preguntó.

—Yo sí.

—Entonces de acuerdo —dijo—. Gracias.

Luego retiró las brasas de la estufa y las echó fuera. Yo cerré la puerta de casa, sujeté las riendas de la mula y le dije a mi madre que abriera camino, y los cuatro emprendimos la marcha a su paso hacia Grana.

TERCERA PARTE

INVIERNO DE UN AMIGO

9

Fue un anciano nepalí, tiempo después, el que me habló de las ocho montañas. Llevaba unas gallinas por el valle del Everest, de camino hacia algún refugio, donde se convertirían en pollo al curry para turistas: cargaba en la espalda una jaula dividida en una docena de compartimentos, y las gallinas, vivas, cacareaban sin parar. Nunca había visto un chisme semejante. Lo que había visto eran cuévanos repletos de chocolate, galletas, leche en polvo, botellas de cerveza, de whisky y de Coca-Cola a lo largo de los senderos de Nepal para satisfacer los gustos de los occidentales, pero nunca un gallinero portátil. Cuando le pregunté al hombre si podía fotografiarlo, lo dejó en un murete, se quitó de la frente la banda con la que sujetaba la carga y, sonriendo, posó junto a las gallinas.

Luego, mientras recuperaba el aliento, charlamos un poco. Venía de una región en la que yo también había estado, lo que lo asombró. Se dio cuenta de que no era un caminante de paso, incluso era capaz de decir alguna frase en nepalí, y entonces me preguntó por qué me interesaba tanto por el Himalaya. Tenía la respuesta para esa pregunta: le dije que, donde me había criado, había una montaña a la que estaba muy unido y que por eso me había nacido el deseo de ver las montañas más hermosas y lejanas del mundo.

—Ah —dijo él—. Ya entiendo. Estás recorriendo las ocho montañas.

—¿Las ocho montañas?

El hombre recogió un palito con el que trazó un círculo en el suelo. Le salió perfecto, se notaba que estaba acostumbrado a dibujar. A continuación, dentro del círculo, trazó un diámetro y luego otro perpendicular al primero, después un tercero y un cuarto a lo largo de la bisectriz, con lo que obtuvo una rueda de ocho radios. Me dije que, para obtener esa figura, yo habría empezado por una cruz, pero lo típico de un asiático era empezar por el círculo.

—¿Alguna vez has visto un dibujo así? —me preguntó.

—Sí —respondí—. En los mandalas.

—Exacto —dijo él—. Nosotros decimos que en el centro del mundo hay un monte altísimo, el Sumeru. Alrededor del Sumeru hay ocho montañas y ocho mares. Ese es el mundo para nosotros.

Al decirlo trazó, fuera de la rueda, una pequeña punta por cada radio, y luego una pequeña ola entre cada punta. Ocho montañas y ocho mares. Por último, hizo una corona alrededor del centro de la rueda, que podía ser, pensé, la cumbre nevada del Sumeru. Examinó durante un momento su trabajo y meneó la cabeza, como si fuese un dibujo que ya había hecho mil veces pero que últimamente no le salía tan bien. De todas formas, apuntó el palito hacia el centro y concluyó:

—Y decimos: ¿habrá aprendido más quien ha recorrido las ocho montañas o quien ha llegado a la cumbre del monte Sumeru?

El porteador de gallinas me miró y sonrió. Yo también, porque la historia me parecía simpática y creía que la comprendía bien. Borró el dibujo con la mano pero yo sabía que no iba a olvidarlo. Bueno, me dije, esto tengo que contárselo a Bruno.

Mi centro del mundo en aquellos años era la casa que habíamos construido juntos. Me quedaba mucho tiempo, entre junio y septiembre, y de vez en cuando llevaba amigos que se enamoraban enseguida del lugar, así terminé teniendo la compañía que me faltaba en la ciudad. Durante la semana vivía solo, leyendo, escribiendo, partiendo leña y vagando por los antiguos senderos. La soledad se convirtió para mí en una condición familiar. Buena, aunque no del todo. Pero los sábados de verano siempre venía alguien a verme, y entonces la casa dejaba de parecerse a la cabaña de un ermitaño y se convertía en uno de esos refugios a los que antes iba con mi padre. Con vino en la mesa, la estufa encendida, amigos charlando hasta tarde y la lejanía del mundo que durante una noche nos hermanaba. El refugio se caldeaba al fuego de aquella intimidad, y a mí me parecía que, entre una visita y otra, lo cuidaban las brasas.

También a Bruno lo atraía el calor de la *barma*. Lo veía aparecer por el sendero al anochecer, con un trozo de queso de cabra y una botella grande de vino, u oía que llamaba a la puerta cuando ya había oscurecido, como si fuese normal, allí, en la noche de los dos mil metros, recibir la visita de un vecino. Si estaba con alguien, se sumaba encantado a la mesa. Lo encontraba más locuaz que nunca, como alguien que ha callado demasiado tiempo y ha acumulado un montón de cosas que contar. En Grana permanecía recluido en un mundo propio hecho de casas, libros, paseos por los bosques, ideas silenciosas, y comprendía el apremio que lo impulsaba a lavarse y cambiarse después de un día en la obra, a hacer caso omiso del cansancio y el sueño y a encaminarse por el sendero del lago.

Con esos amigos hablábamos a menudo de irnos a vivir a la montaña todos juntos. Leíamos a Bookchin y soñábamos, o fingíamos que soñábamos, con transformar una de aquellas aldeas abandonadas en una ciudadela ecológica, donde pondríamos en práctica nuestra idea de sociedad. Solo podía hacerse en la montaña. Solo arriba nos dejarían en paz. Conocíamos otros experimentos así en la zona de los Alpes, todos los cuales habían durado poco o acabado mal, pero justo eso nos brindaba argumentos de debate y no nos impedía fantasear. ¿Cómo haríamos con la comida? ¿Cómo con la energía eléctrica? ¿Cómo para edificar las casas? Necesitaríamos un poco de dinero, pero ¿cómo íbamos a conseguirlo? ¿Dónde enviaríamos a estudiar a nuestros hijos, siempre que quisiéramos mandarlos a algún sitio? ¿Y cómo resolveríamos el problema de la familia, saboteadora de toda comunidad, aún peor enemiga que la propiedad y el poder?

Era el juego de la utopía al que jugábamos cada noche. Bruno, quien estaba construyendo de verdad su aldea ideal, se divertía destruyendo la nuestra. Decía: sin cemento las casas no se sostienen en pie, y sin abono no crece ni la hierba de los prados, y ya me gustaría ver cómo vais a partir leña sin gasolina. ¿Qué pensáis comer en invierno, polenta y patatas como los viejos? Y decía: sois vosotros, los de la ciudad, los que la llamáis «naturaleza». Es tan abstracta en vuestra cabeza que también el nombre es abstracto. Nosotros decimos «bosque», «prado», «torrente», «roca», cosas que uno puede señalar con el dedo. Cosas que pueden usarse. Si no pueden usarse, no las nombramos porque no sirven para nada.

Me gustaba oírlo hablar así. Y también me gustaba ver cómo se entusiasmaba ante ciertas ideas que recogíamos por el mundo, él, que era el único que tenía capacidad de llevarlas a cabo. Un año sacó cincuenta metros de tubería desde uno de los pequeños torrentes que alimentaban el lago, ahuecó un tronco de alerce con la sierra mecánica y construyó una fuente delante de casa. Así, ahora teníamos agua para beber y lavarnos, pero esa no era la principal finalidad: debajo del chorro de la fuente montó una turbina que yo había encargado expresamente en Alemania. Era de plástico, de un palmo de ancho, semejante a una veleta.

—Eh, Berio, ¿te acuerdas? —dijo cuando nuestro molino comenzó a girar.

—Claro que me acuerdo.

Ese sistema cargaba una pila con la que, en casa, podíamos mantener encendida una radio y una bombilla toda la noche. Funcionaba día y noche, daba igual el tiempo que hiciera, como un panel solar o una turbina eólica, no costaba nada ni consumía nada. Todo gracias al agua que bajaba del Grenon e iba hacia el lago y en el descenso pasaba por la casa para alumbrar y permitir que oyéramos música en nuestras veladas.

Una chica subió conmigo el verano de 2007. Se llamaba Lara. Llevábamos juntos solo un par de meses. Estábamos en la fase que para otros es el principio de una relación, para nosotros, en cambio, ya era el final: había comenzado a echarme atrás, a eludirla y a desaparecer, así ella me dejaría antes de que todo fuese demasiado doloroso. La eficacia del método estaba comprobada, y en esos días me obligó a reconocerlo claramente. Estuvo enfadada una noche, luego se le pasó.

De todos modos, pasamos unos días agradables, una vez que supimos que serían los últimos. La casa, el lago, los pedregales y las cumbres del Grenon le encantaban a Lara, que daba largos paseos sola por los senderos de alrededor. Me sorprendió ver cómo caminaba. Era una chica de piernas fuertes, que disfrutaba con aquella vida espartana. Acabé conociéndola mejor en la *barma* que en los dos meses durante los que nos acostamos: me contó que se había criado lavándose con agua fría y secándose delante del fuego; procedía de otras montañas que había dejado hacía unos años para estudiar, y ahora las echaba de menos. No era que renegase de la decisión de haberse ido a la ciudad. Sentía que había tenido una historia de amor con Turín, con sus calles, con la gente, con las noches, con los trabajos que había hecho y con las casas en las que había vivido, una historia larga y bonita pero ya agotada.

Le dije que la entendía bien. Algo parecido me había pasado también a mí. Ella me dirigió una mirada triste, en la que había reproche y nostalgia. Por la tarde la vi bajar al lago, desnudarse en la orilla, entrar en el agua y nadar hasta aquella roca que parecía una isleta, y por un momento me dije que a lo mejor la había apartado de mí demasiado rápido. Pero luego recordé cómo me sentía cuando estaba con alguien, y no le di más vueltas.

Esa noche invité a Bruno a cenar. Llevaba un año de retraso en sus proyectos a causa de los préstamos y los permisos que todavía no le concedían, pero ya casi había terminado de restaurar la alzada. No pensaba en otra cosa: llevaba tres años peleándose con empleados de banca y funcionarios municipales, tenía dos trabajos en invierno para ganar el dinero que gastaba en verano, y se encontraba en ese estado de concentración absoluta, rayano en la obsesión, en el que ya lo había visto en mi etapa de peón. Estuvo toda la noche hablándonos de cuadras y de normas legislativas, de locales para preparar queso y de bodegas para curarlo, de utensilios de bronce y acero, de azulejos lavables para el interior de las viejas alzadas. Temas que yo conocía de memoria pero Lara no, y en parte ese fervor era para su uso y consumo. Me hacía gracia, mi viejo amigo Bruno, pues nunca lo había visto tratando de impresionar a una mujer: elegía palabras más difíciles de lo habitual, gesticulaba más de la cuenta y la miraba de reojo constantemente para conocer su reacción.

—Le gustas —le dije cuando él se marchó.

—¿Y tú cómo lo sabes?

—Lo conozco desde hace veinte años. Es mi mejor amigo.

—No creía que tuvieras amigos —dijo Lara—. Pensaba que salías corriendo en cuanto veías a uno.

No repliqué. El sarcasmo era lo menos que me merecía. Hace falta estilo hasta para que te dejen, y ella lo tenía.

Ese otoño me disponía a marcharme para un trabajo cuando Bruno me llamó a Turín. Era la primera vez que yo iba al Himalaya y tenía los nervios a flor de piel. Oír su voz al teléfono me sorprendió, en parte porque ninguno de los dos estaba acostumbrado a llamar, y en parte porque ya tenía la cabeza muy lejos de allí.

Fue directamente al grano: Lara acababa de ir a visitarlo. ¿Lara?, pensé. No nos habíamos vuelto a ver desde aquellos días en la montaña. Ahora había subido sola, había querido ver la alzada y saber más sobre sus planes de trabajo. Bruno le había contado que en primavera iba a abrir la granja, que tenía pensado comprar unas treinta vacas y no vender la leche a ninguna fábrica de quesos, sino producir el queso él mismo, por lo que seguramente iba a necesitar contratar a alguien. Eso era lo que ella esperaba: el sitio le gustaba, se había criado entre vacas y enseguida se había propuesto para el trabajo.

Bruno en parte se sentía halagado y en parte preocupado. No había tenido en cuenta la presencia de una mujer. Cuando me pidió que le diera mi opinión, dije:

—Creo que puede hacerlo perfectamente. Es una cabezota.

—De eso ya me he dado cuenta —dijo Bruno.

—¿Entonces?

—Lo que no sé es qué hay entre vosotros.

—Ah —dije—. No sé. Hará dos meses que no nos vemos.

—¿Os habéis peleado?

—No. No hay nada entre nosotros, me alegra que se vaya contigo.

—¿Estás seguro?

—Claro. No hay problema.

—Bien, de acuerdo.

Me dijo adiós y me deseó buen viaje. Él sí es un hombre de otra época, pensé: ¿quién me habría pedido permiso para hacer lo que se dispone a hacer? Cuando colgué, ya sabía todo lo que iba a pasar después. Me alegraba por él. Y también por ella. Después dejé de pensar en Bruno, en Lara y en todos los demás, y empecé a preparar la mochila para el Himalaya.

El primer viaje a Nepal fue para mí un viaje en el tiempo. A un día en coche de Katmandú, a menos de doscientos kilómetros de su multitud, empezaba un valle estrecho, escarpado, boscoso, con un río que no se veía pero que bramaba al fondo, y aldeas edificadas mil metros más arriba, donde los precipicios se ablandaban al sol. Las aldeas estaban enlazadas por caminos de herradura de empinadas cuestas y ligeros puentes de cuerda suspendidos sobre torrentes que cortaban los lados del valle como cuchillos. Alrededor de las aldeas toda la montaña estaba aterrazada con arrozales. El perfil recordaba una escalinata de gradas redondas, bordeadas de muretes, parcelados en infinidad de propiedades. Octubre era temporada de cosecha y fui viendo campesinos atareados: las mujeres segaban arrodilladas en los campos; los hombres golpeaban las espigas en las eras para separar el grano de la paja. El arroz se secaba sobre telas donde otras mujeres, de más edad que las otras, lo cribaban con cuidado. Y había niños por todas partes. Vi a dos arando un campo como si fuese un juego, espoleando a una pareja de bueyes flaquísimos a gritos y varazos, y me acordé del palo amarillo de Bruno la primera vez que nos vimos. A él también le habría gustado Nepal. Allí todavía existían los arados de madera, las piedras de río para afilar las guadañas y los cuévanos de mimbre que los porteadores llevaban a la espalda. Aunque en los pies de los campesinos veía zapatillas deportivas y de sus casitas salían sonidos de radio y televisión, me parecía que había encontrado, viva, la civilización de montaña que se había extinguido en nuestro continente. No vi una sola ruina a lo largo del sendero.

Subía el valle con cuatro alpinistas italianos, de camino al Annapurna. Durante unas semanas, con mi cámara, iba a compartir con ellos tienda de campaña. El trabajo estaba bien pagado, y desde el principio me había parecido un golpe de suerte. Me gustaba la idea de rodar un documental sobre el alpinismo, ver qué podía pasarle a un grupo de hombres en condiciones extremas. Pero lo que estaba descubriendo según nos acercábamos al campamento base me fascinaba aún más. Había decidido quedarme cuando terminara la expedición y dar una vuelta solo a baja cota.

El segundo día de camino surgieron, al fondo del valle, las cumbres del Himalaya. Vi, entonces, qué habían sido las montañas en el amanecer del mundo. Montañas puntiagudas, cortantes, como recién esculpidas por la creación, aún no pulidas por el tiempo. Sus nieves iluminaban el valle desde seis o siete mil metros de altura. Las cascadas caían desde los barrancos y golpeaban contra las paredes de roca, desprendían de las pendientes derrubios de tierra rojiza que acababan bullendo en el río. Arriba, indiferentes a aquel tumulto, los glaciares lo vigilaban todo. De lo alto llega el agua, me dijo el hombre de bigote cano. En Nepal también debían saberlo bien si habían dado a su montaña el nombre de la diosa de la cosecha y de la fertilidad. A lo largo del sendero había agua por todas partes: el agua de los torrentes, de las fuentes, de los canales, el agua de los lavaderos donde las mujeres hacían la colada, el agua que me habría encantado ver en primavera, con los arrozales inundados y el valle convertido en un millar de espejos.

No sé si los alpinistas con los que hacía el ascenso notaban todo eso. Estaban impacientes por dejar atrás las aldeas y por plantar piolets y crampones en aquel hielo que resplandecía arriba. Yo caminaba entre los porteadores, así podía preguntarles lo que no comprendía: qué hortalizas se cultivaban en los huertos, qué leña se quemaba en las estufas, a quiénes estaban dedicados los templetes que veíamos por el sendero. En los bosques no había abetos ni alerces, sino extraños árboles torcidos que no supe reconocer hasta que un hombre me dijo que eran rododendros. ¡Rododendros! La planta predilecta de mi madre, porque florecía apenas unos días, al principio del verano, tiñendo la montaña de rosa, lila, violeta. En Nepal daba árboles de cinco o seis metros, con una corteza negra que se desprendía en escamas y las hojas eran aceitosas como las del laurel. Y arriba, cuando el bosque acabó, no había sauce ni enebro, sino un cañaveral de bambú. ¡Bambú!, pensé. Bambú a tres mil metros. Había niños que pasaban llevando al hombro haces de cañas ondulantes. Con ellas construían en las aldeas los tejados, las cortaban a lo largo y colocaban cada mitad de forma alterna, una cóncava y otra convexa, para que cayera el agua de lluvia en la estación de los monzones. Las paredes eran de piedra, forradas de barro. Ya lo sabía todo acerca de sus casas.

Los porteadores dejaban una piedrecilla o un brote que habían recogido en el bosque en cada uno de aquellos templetes, y me aconsejaron que hiciera lo mismo. Entrábamos en tierra consagrada y por eso, a partir de allí, estaba prohibido matar o comer animales. Desde ese momento no vi gallinas alrededor de las casas, ni cabras pastando. Había otras, selváticas, pastando en los despeñaderos, con un pelo que les llegaba al suelo, y me dijeron que eran las ovejas azules del Himalaya. Una montaña con ovejas azules, con monos parecidos a babuinos que entreveía en el bambú y, en el cielo, las lúgubres siluetas de los buitres. Y sin embargo me sentía en casa. También aquí, me dije, donde acaba el bosque y no hay sino praderas y pedregales, estoy en casa. Es la cota a la que pertenezco y en la que me encuentro bien. En eso pensaba cuando pisé la primera nieve.

Al año siguiente volví a Grana con una serie de telas de oración que colgué entre dos alerces y que podía ver desde la ventana de casa. Eran azules, blancas, rojas, verdes y amarillas —el azul por el éter, el blanco por el aire, el rojo por el fuego, el verde por el agua, el amarillo por la tierra— y resaltaban en la sombra del bosque. Las observaba a menudo por la tarde, mientras entablaban amistad con el viento de los Alpes y bailaban entre las ramas de los árboles. El recuerdo que guardaba del Nepal se parecía a aquellas telas: vívido, cálido, y aquellà vez mis viejas montañas me parecieron más desoladas que nunca. Salía a caminar y no veía más que escombros y ruinas.

Sin embargo, también en Grana había novedades. Bruno y Lara ya llevaban tiempo juntos: no necesité que me contaran su historia. Él me pareció más serio que antes, como a veces les pasa a los hombres cuando una mujer aparece en su vida. Ella, por el contrario, se había felizmente transformado, gracias a que se había sacudido el polvo de la ciudad y desprendido de esa sensación de desengaño que le recordaba de antes. Reía con ganas y estaba bronceada por la vida al aire libre. Bruno la adoraba. Era una versión de mi amigo que no conocía: a la mesa, la primera noche, mientras yo contaba mi viaje, no dejaba de tocarla, de acariciarla, de aprovechar la mínima ocasión para ponerle una mano en la pierna o en el hombro, e incluso cuando hablaba conmigo no interrumpía el contacto físico con ella. Lara parecía menos ansiosa, menos insegura de la presencia de él. Le bastaba un gesto o una mirada para tranquilizarlo, y todo era: «¿Estás?», «Estoy», «¿Segura?», «Te he dicho que sí». Los enamorados, pensé: es bonito que existan en el mundo, pero dentro de una habitación siempre te hacen sentir que sobras.

En invierno había caído poca nieve, de manera que Bruno decidió subir a la alzada, o a la montaña, como él decía, el primer sábado de junio. Ese día yo también le eché una mano. Había comprado veintiocho vacas lecheras, todas ellas preñadas, que descargó en la plaza de Grana un camión de transporte de animales. Estaban nerviosas por el viaje y bajaron corriendo de la rampa mugiendo y descornándose unas contra otras. Habrían huido a saber dónde si Bruno, su madre, Lara y yo, colocados en torno a la plaza, no las hubiésemos sujetado y aplacado. El camión se marchó. Con dos perros de la dinastía de los pastores de Grana empezamos a subir el camino de herradura, Bruno delante, llamándolas «¡Oh, oh, oh! ¡Eh, eh, eh!», su madre y Lara en fila, detrás de él, y yo al final, sin hacer nada, disfrutando del espectáculo. Los perros conocían perfectamente su trabajo y corrían para recoger las vacas que se retrasaban, ladrando y mordiéndoles los costados hasta que regresaban al grupo. Los ladridos de los perros, los mugidos de protesta de las vacas y el estruendo de los cencerros tapaban todos los otros ruidos, y a mí me parecía que asistía a un desfile de carnaval, o a una resurrección. La manada subía el valle, dejando atrás los refugios derruidos, los muretes con zarzas enmarañadas, los troncos grises de los alerces derribados, como sangre que circula otra vez en las venas de un cuerpo y lo devuelve a la vida. Me preguntaba si los zorros y los corzos, que a buen seguro estaban vigilándonos desde el bosque, podían, a su manera, compartir la sensación de fiesta que yo sentía.

En un momento dado de la subida Lara se me acercó. No habíamos tenido aún oportunidad de hablar a solas, pero creo que los dos pensábamos que debíamos hacerlo. No sé por qué eligió justo ese momento, cuando había que hablar a gritos en medio de la polvareda que nos rodeaba. Me sonrió y dijo:

—¿Quién lo habría dicho hace un año, eh?

¿Dónde estábamos hace un año?, pensé. Ah, claro, puede que en un bar de Turín. O en la cama de su casa.

—¿Tú estás contenta? —le pregunté.

—Muy contenta —dijo ella.

Sonrió de nuevo.

—Entonces, yo también lo estoy —dije, y sabía que ya no volveríamos a hablar del tema.

En esos días, en los prados florecía el jaramago. Las flores se abrían todas a la vez a primera hora de la mañana, y entonces una mano de amarillo intenso pasaba por la montaña, como si la inundara el mismísimo sol. Las vacas adoraban esas flores dulces: cuando llegamos arriba, se dispersaron por el prado como en un banquete. En otoño, Bruno había arrancado todos los arbustos que lo infestaban, y ahora volvía a tener el aspecto de un bonito jardín.

—¿No pones el alambre? —preguntó su madre.

—Mañana —dijo él—. Hoy las dejo libres.

—Pero destrozan la hierba —protestó ella.

—No —dijo Bruno—. No destrozan nada, descuida.

Su madre meneó la cabeza. La había oído decir más palabras ese día que en todos los años que la conocía. Había subido cojeando, con una pierna rígida que arrastraba un poco, pero a buen ritmo. No podía saber lo flaca que estaba realmente: desaparecía en sus prendas anchas y lo miraba todo, lo controlaba todo, aconsejaba y criticaba, para que cada cosa se hiciera como era debido.

Daba la impresión de que los tres refugios hubieran vuelto a otra época de la vida. Una casa, un establo y una bodega con los muros y los tejados de piedra, reconstruidos de forma perfecta, si bien contaban con los espacios de una empresa moderna. Bruno entró en la bodega y volvió con una botella de vino blanco, y yo me acordé del mismo gesto que había hecho su tío hacía muchos años. Ahora él era el dueño de casa. No había nada donde sentarse. Lara dijo que ya haríamos una buena mesa para comer al aire libre, pero, de momento, brindamos de pie, delante del portón del establo, observando a las vacas que se acostumbraban a la montaña.

10

Bruno se empeñaba en ordeñar las vacas a mano. Para él era la única manera adecuada para esos animales delicados, que se ponían nerviosos y se asustaban por cualquier cosa. Tardaba unos cinco minutos en conseguir cinco litros de leche por cada una: era un buen tiempo, pero aun así equivalía a doce vacas por hora y a dos horas y media de trabajo para todo el ordeño. El ordeño matinal lo sacaba de la cama cuando todavía estaba oscuro. En la alzada no había sábados ni domingos, y él ya no recordaba el placer de dormir hasta tarde o de quedarse entre las sábanas con su chica. Sin embargo, le encantaba ese ritual, no habría permitido que lo hiciera otro: pasaba las horas entre la noche y el día en la tibieza del establo, despejando la mente del sueño con el trabajo, y ordeñar las vacas era como despertarlas acariciándolas de una en una, hasta que notaban el olor de los prados y el canto de las aves y empezaban a escarbar.

Lara iba al establo a las siete con una taza de café y unas galletas. Era ella la que llevaba el hato al prado dos veces al día. Él volcaba los ciento cincuenta litros de leche junto con los ciento cincuenta de la noche previa, descremados de la nata que se había formado durante la noche. Encendía fuego bajo el caldero y añadía el cuajo, y a eso de las nueve la mezcla estaba lista para colarla en las telas y prensarla en los moldes de madera. Cinco o seis formas en total: de los trescientos litros de leche no saldrían más de treinta quesos.

Esa era la parte misteriosa para Bruno, pues nunca estaba seguro del resultado. Que el queso saliese o no, y que saliese bueno o malo, le parecía una alquimia sobre la que no tenía ningún poder: lo único que él sabía era tratar bien a las vacas y hacerlo todo como le habían enseñado. Con la nata hacía mantequilla y luego lavaba el caldero, los bidones, los cubos, el espacio para la elaboración y, por último, también el establo, con las ventanas abiertas y haciendo correr el estiércol por los sumideros.

Para entonces ya era mediodía. Comía algo y luego se tumbaba en la cama una hora, soñaba con hierba que no crecía o con vacas que no daban leche o con leche que no cuajaba, se levantaba pensando en construir una valla para los terneros o con hacer un canal donde las lluvias no empantanaban el prado. A las cuatro las vacas volvían al establo para el segundo ordeño. A las siete, Lara las volvía a sacar, y entonces se ocupaba ella, ya no había nada más que hacer, la vida en la alzada se hacía más lenta y entraba en la tranquilidad de la noche.

Entonces era cuando Bruno me contaba todo eso. Nos sentábamos fuera esperando la puesta de sol con medio litro de vino. Observábamos los prados secos adonde una vez fuimos a buscar las cabras. Al anochecer se levantaba una brisa desde la hondonada, bastante más fresca: traía olor a musgo y a tierra húmeda y quizá el de un corzo que había en la linde del bosque. Uno de los perros lo oía y abandonaba el hato para perseguirlo: solo uno de los dos, y no siempre el mismo, como si tuviesen un pacto entre ellos sobre los turnos de caza y de vigilancia.

Ahora las vacas estaban tranquilas. Oíamos con menos frecuencia el sonido de los cencerros, bajaba hacia los tonos graves.

A Bruno no le apetecía pensar conmigo en los problemas prácticos. Nunca me hablaba de deudas, facturas, impuestos, plazos de seguros. Prefería contarme sus sueños o hablarme de la sensación de intimidad física que experimentaba al ordeñar, o del misterio del cuajo.

—El cuajo es un trocito de estómago de becerro —me explicó—. Imagínate: ese estómago que le sirve al becerro para digerir la leche de la madre, lo cogemos y lo usamos para hacer el queso. Fantástico, ¿no? Pero también es terrible. Sin ese trocito de estómago no sale el queso.

—¿Quién lo descubriría? —dije yo.

—Fue el hombre selvático.

—¿El hombre selvático?

—Para nosotros es un hombre antiguo que vivía en los bosques. Pelo largo, barba, enteramente cubierto de hojas. De vez en cuando pasaba por las aldeas y la gente le temía, pero aun así le dejaban fuera algo de comida para agradecerle que nos hubiera enseñado a usar el cuajo.

—¿Un hombre que parece un árbol?

—En parte animal, en parte hombre y en parte árbol.

—¿Y en dialecto cómo se llama?

—*Omo servadzo.*

Daban las nueve de la noche. En el prado las vacas ya eran poco más que sombras. También Lara era una sombra envuelta en una capa de lana. Estaba de pie, inmóvil, vigilando el hato. Si una vaca se alejaba más de la cuenta la llamaba por su nombre y el perro iba enseguida a recogerla sin necesidad de una orden.

—¿También existe la mujer selvática? —pregunté.

Bruno me leyó el pensamiento.

—Es estupenda –dijo–. Y fuerte, nunca se cansa. ¿Sabes lo que lamento? No poder estar juntos todo el tiempo que me gustaría. Hay demasiado trabajo. Me levanto a las cuatro de la madrugada, por la noche me quedo dormido con la cabeza en el plato.

—El amor es para el invierno –dije.

Bruno rio.

—Así es. No nacen muchos montañeses en primavera. Todos nacemos en otoño, como los becerros.

Era la única alusión al sexo que le había oído.

—¿Y cuándo os casáis? –pregunté.

—Ah, si fuese por mí, ahora mismo. Ella es la que no quiere saber nada de boda. Ni en la iglesia, ni en el Ayuntamiento, ni en ningún sitio. Dice que esas son cosas de ciudad, no hay quien la entienda.

Acabábamos el vino. Luego nos levantábamos para ir al establo antes de que oscureciese del todo. Lara reunía el hato con la ayuda del perro, y entonces también regresaba el otro, que salía a saber de dónde, llamado al deber por el sonido de los cencerros. Sin prisa, las vacas formaban una fila que subía el prado y paraba en el abrevadero. En el establo, cada una de ellas se iba a su sitio para pasar la noche, Bruno ataba una cadena a las colleras y yo ataba los rabos a una cuerda alta, para que al tumbarse no se ensuciaran demasiado. Había aprendido a hacer un nudo con un rápido giro de los dedos. Cerrábamos el portón y nos íbamos a cenar mientras las vacas empezaban a rumiar en la oscuridad.

Más tarde volvía a la *barma* alumbrándome con una linterna frontal. Había sitio para mí en la alzada y Bruno y Lara siempre me decían que me quedara, pero algo me impulsaba a despedirme de ellos y a coger el sendero del lago. Era como si buscase mantener cierta distancia de ellos y como si alejarme fuese una forma de respetarlos y de protegerme.

Lo que debía proteger, en mí, era la capacidad de estar solo. Había necesitado tiempo para acostumbrarme a la soledad, para encontrar un espacio donde poder acoplarme y sentirme bien; sin embargo, sentía que la relación con ese espacio seguía siendo difícil. Por eso volvía a casa como si reanudase la confianza con ella. Si el cielo no estaba cubierto, pronto apagaba la linterna. Solo necesitaba un cuarto de luna y las estrellas para intuir el sendero entre los alerces. Nada se movía a esa hora salvo mis pasos y el torrente, que seguía sonando y gorgoteando mientras el bosque dormía. En el silencio su voz era clara y podía distinguir los tonos de cada meandro, rápido, cascada, atenuados por la espesura de la vegetación y cada vez más nítidos en el pedregal.

Arriba, el torrente callaba. Era el lugar donde desaparecía entre las rocas y corría bajo tierra. Empezaba a oír un sonido mucho más bajo, el del viento que soplaba en la cuenca. El lago era un cielo nocturno en movimiento: el viento impulsaba de una orilla a otra ráfagas de pequeñas olas, resplandores de estrellas que se distribuían por el agua negra a lo largo de líneas de fuerza, se apagaban y se encendían, y de golpe cambiaban de dirección. Me quedaba inmóvil observando aquellos dibujos. Me parecía captar la vida de la montaña cuando no existía el hombre. Yo no la molestaba, era un invitado bien recibido; entonces sabía de nuevo que a su lado no me sentiría solo.

Una mañana de finales de julio fui al pueblo con Lara. Yo iba a pasar unos días en Turín, ella llevaba los primeros quesos tras seis semanas de curación. Bruno había cogido una mula para ese cometido; no era el macho gris en el que transportaba el cemento años atrás, sino una hembra de pelaje tupido y oscuro, más pequeña y adecuada para la vida en la alzada. Le había hecho una albarda de madera en la que apiló doce quesos, unos sesenta kilos en total, la primera carga valiosa que llegaba al valle.

Era un momento histórico para él y para nosotros. Una vez que fijó bien la albarda besó a Lara, le dio una palmada a la mula en la ijada y a mí me hizo un gesto y me dijo: «Berio, tú conoces el camino». Se despidió de nosotros y se fue a limpiar el establo. Como cuando hacíamos la obra, había decidido que el transporte no era cosa suya: el montañés se queda en la montaña, la mujer del montañés sube y baja con las cosas. Él no bajaría hasta que llegara el momento de dejar la alzada en invierno.

Íbamos por el sendero en fila india, yo delante, Lara detrás con la mula y al final el perro que seguía a Lara a todas partes. Al principio la mula tenía que acostumbrarse a la carga y avanzaba insegura. Con la mula se precisaba más prudencia en la bajada que en la subida, porque la albarda la desequilibraba en las patas delanteras, y en las partes empinadas había que ayudarla agarrando bien la cuerda que llevaba al cuello. Pero luego, pasado el prado, el sendero cruzaba el torrente y se suavizaba. Era el sitio donde una vez había visto desaparecer a Bruno con su moto, antes de perderlo de vista durante todos esos años. A partir de ese punto Lara y yo pudimos seguir juntos, mientras el perro entraba y salía del bosque para cazar bichos y la mula nos seguía muy cerca. Su aliento y el ruido de sus pezuñas se convirtieron en una presencia tranquila detrás de nosotros.

—¿Qué quiere decirte cuando te llama así? —dijo Lara.

—Así ¿cómo?

—Berio.

—Ah, creo que quiere que me acuerde de algo. Es el nombre que me puso de niño.

—¿Y de qué tienes que acordarte?

—De este camino. La de veces que lo he hecho, maldita sea. En agosto subía desde Grana todos los días y él dejaba el pastoreo para venirse conmigo. Luego su tío le daba una buena paliza, pero a él le daba igual. De eso hace veinte años. Y ahora estamos aquí, transportando sus quesos. Todo y nada ha cambiado.

—¿Qué es lo que más ha cambiado?

—Sin duda, la alzada. Y el torrente. Antes era muy diferente. Jugábamos allá abajo, ¿lo sabías?

—Sí —dijo Lara—. El juego del torrente.

Guardé silencio un momento. Pensando en el sendero recordé aquella primera vez con mi padre, cuando fuimos a conocer al tío de Bruno. Así, mientras Lara y yo bajábamos, creí ver a un niño que llegaba desde el pasado caminando delante de su padre. El padre llevaba jersey rojo y pantalones bombachos, resollaba y animaba a su hijo. ¡Hola!, me imaginaba diciéndole. ¡El chico corre, eh! Quién sabe si mi padre se hubiese parado a saludar a ese hombre llegado del futuro, con una chica, una mula, un perro y un cargamento de queso.

—Bruno está un poco preocupado por ti —dijo Lara.

—¿Por mí?

—Dice que siempre estás solo. Cree que no estás bien.

Me eché a reír.

—¿Habláis de eso?

—A veces.

—¿Y tú qué crees?

—No lo sé.

Reflexionó y luego dio otra respuesta:

—Que lo has elegido. Y que tarde o temprano te hartarás de estar solo y encontrarás a alguien. Pero tú has elegido vivir solo, entonces vale.

—Claro —dije.

A continuación, para reírnos un poco, añadí:

—¿Y sabes qué me ha contado a mí? Que te ha pedido que os caséis pero que tú no quieres.

—¿Con ese loco? —respondió ella, riendo—. ¡Jamás en la vida!

—¿Por qué?

—A ver, ¿quién va a casarse con alguien que no quiere bajar de la montaña? ¿Con alguien que se ha gastado todo lo que tenía para quedarse arriba haciendo queso?

—¿Es tan grave? —pregunté.

—Dedúcelo tú mismo. Trabajamos desde hace un mes y medio y esto es todo lo que tenemos —dijo señalando hacia atrás.

Se puso seria. Permaneció un buen rato en silencio pensando en lo que la preocupaba. Ya casi habíamos llegado cuando dijo:

—A mí me gusta mucho lo que estamos haciendo. Incluso cuando llueve todo el día y me quedo pastoreando a las vacas bajo el agua. Me inspira mucha calma, me parece que puedo pensar bien en las cosas y que hay muchas que ya no tienen importancia. Es una locura preocuparse por el dinero. Ya no querría otra vida. Quiero esta.

En la plaza de Grana había una furgoneta pequeña entre un tractor, una hormigonera y mi coche, que llevaba parado allí desde hacía un mes. Dos obreros cavaban un foso a un lado del camino. Un hombre al que nunca había visto nos estaba esperando: tenía unos cincuenta años y nada especial en su aspecto, lo único raro era ver coches, motores, asfalto y ropa limpia después de tantos días en la montaña con el ganado.

Ayudé a Lara a descargar los quesos de la albarda y el hombre los revisó de uno en uno, palpando la costra, oliendo, dando unos golpecitos con los nudillos para comprobar si tenían burbujas de aire. Pareció satisfecho. En la furgoneta tenía una báscula y al cargar los quesos los pesó, anotó el peso en un registro y una cifra en un recibo que entregó a Lara. Allí constaban sus primeras ganancias. Mientras miraba la cifra la observé, pero no pude captar ninguna reacción. Se acercó a la ventanilla del coche para despedirse, luego se encaminó hacia el sendero con la mula y el perro; desaparecieron en el bosque, que los recuperó como sus criaturas.

En Turín dejé el piso en el que había vivido los últimos diez años. Lo usaba tan poco que ya me sobraba, pese a lo cual, en el momento de dejarlo, experimenté cierta melancolía. Recordaba perfectamente lo que había significado para mí vivir allí, cuando la ciudad me parecía preñada de promesas de futuro. No sabía si era yo el que se había engañado o si era la ciudad la que no había mantenido sus promesas, pero vaciar en un día un piso que has llenado a lo largo de tantos años, sacar sin orden los objetos que había ido llevando poco a poco, era como que te devolvieran un anillo de compromiso, como resignarse a la retirada.

Un amigo me alquiló una habitación por poco dinero para los días que estuviera en Turín. Metí varias cajas en el coche y las llevé a Milán, a la casa de mi madre. Desde la autopista, el Monte Rosa emergía de la niebla como un espejismo: en la ciudad, el calor derretía el asfalto y me parecía que estaba trasladando inútilmente cosas de un sitio a otro, que subía y bajaba escaleras de edificios para pagar no sé qué deudas que había contraído en el pasado.

En esos días mi madre se encontraba en Grana, así que estuve más de un mes solo en el antiguo piso, recorriendo durante el día los despachos de los productores con los que trabajaba, y por la noche observando el tráfico desde la ventana, imaginando el río exangüe debajo de la avenida. No había nada que me perteneciese, nada a lo que sintiese pertenecer. Intentaba que me produjeran una serie de documentales sobre el Himalaya para estar lejos durante mucho tiempo. Tuve que acudir a un montón de citas inútiles antes de encontrar a alguien que confió en mí; al final, conseguí una suma con la que podría pagar el viaje y poco más, pero me conformaba.

Cuando en septiembre volví a Grana, soplaba un viento frío y en el pueblo salía humo de algunas chimeneas. Una vez que bajé del coche noté en mí un olor que no me gustaba, así que en la entrada del sendero me lavé la cara y el cuello en el torrente; en el bosque me froté las manos con una ramita verde de alerce. Eran mis rituales de siempre, pero sabía que necesitaría unos días para desprenderme de la ciudad.

A lo largo del cañón los pastos empezaban a amarillear. En los terrenos de Bruno, pasado el puente de tablones, la orilla del torrente estaba pisoteada por las pezuñas del rebaño: a partir de allí no quedaba hierba, todo el suelo estaba abonado, y había zonas de tierra removida donde algunas vacas escarbaban cuando hacía mal tiempo, cuando el olor de los temporales las ponía nerviosas. Ahora percibía en el aire olor a temporal, junto con el fuerte del estiércol y el del humo de leña que se elevaba del refugio de Bruno. Era la hora en la que él hacía el queso, así que decidí seguir mi camino y verlo en otro momento.

Pasado el establo oí el sonido de los cencerros y vi arriba a Lara, con las vacas, lejos del sendero, en la pendiente donde quedaban las últimas hierbas; le hice un gesto de saludo y ella, que me había visto hacía rato, me respondió levantando el paraguas. Caían las primeras gotas y, después de todas aquellas noches de calor asfixiante en las que apenas se podía conciliar el sueño, estaba muerto de cansancio: solo quería llegar a la *barma*, encender la estufa y dormir. No había nada como dormir mucho en mi cubil de la montaña para quedar como nuevo.

Siguieron tres días de niebla en los que me alejé poco de casa. Me quedaba junto a la ventana observando la manera en que las nubes se elevaban del cañón y se deslizaban por el bosque, atravesando las ramas de los alerces y destiñendo los colores de mis telas de oración hasta absorberlas del todo. En casa, la baja presión apagaba el fuego de la estufa, me ahumaba mientras leía y escribía. Entonces salía a la niebla y bajaba hasta el lago para estirar las piernas. Lanzaba una piedra que desaparecía en la nada mucho antes de su caída invisible, y me la imaginaba rodeada de montones de pececillos curiosos. Por la noche escuchaba alguna radio suiza, pensando en el año que me esperaba. Era un estado de incubación apropiado para las grandes empresas.

Al tercer día llamaron a la puerta, era Bruno. Dijo:

—Así que es verdad que has vuelto. ¿Vienes a la montaña?

—¿Ahora? —pregunté, dado que fuera estaba todo blanco.
Sería mediodía, pero podía ser cualquier hora.

—Venga, quiero enseñarte algo.

—¿Y las vacas?

—Olvídate de las vacas. No van a morirse.

Así, nos encaminamos por la pendiente, siguiendo el sendero que conduce al lago de arriba. Bruno llevaba las botas de plástico y estaba embarrado de estiércol hasta los muslos y, mientras caminábamos, me contó que había tenido que meterse en el estiércol para sacar a una vaca que se había caído en la niebla. Se rio. Subía corriendo, a un ritmo que me costaba seguir. Una víbora había mordido a un perro, dijo: se había dado cuenta porque lo veía siempre cerca del agua, bebiendo sin parar por la sequedad y, al revisarlo, le había encontrado los agujeros que le había hecho la víbora en la barriga hinchada. Daba pena ver cómo se arrastraba, y Lara estaba a punto de cargarlo en la mula para llevarlo a un veterinario, pero luego su madre dijo que había que darle mucha leche, solo leche, nada de agua ni comida, y ya se había curado y poco a poco estaba recobrando las fuerzas.

—Con los animales siempre aprendes algo nuevo —dijo.

Movió la cabeza, luego siguió subiendo a ese paso suyo que me dejaba rendido. Hasta el otro lago me estuvo hablando de vacas, leche, estiércol, hierba, ya que durante mi ausencia habían ocurrido un montón de cosas de las que tenía que informarme. Para el futuro estaba pensando llevar varios conejos y gallinas, pero tenía que construir buenas jaulas porque había zorros. Y águilas. Era difícil de creer, dijo, pero el águila es todavía más feroz que el zorro con los animales de corral.

No me preguntó cómo me había ido en Turín o en Milán. No quiso saber qué había hecho en todo el mes.

Hablaba de zorros y águilas y conejos y gallinas y fingía que la ciudad no existía, como siempre, y que yo no tenía otra vida lejos de allí: nuestra amistad vivía en esa montaña y lo que ocurría en el valle no podía rozarla.

—¿Y qué tal va el negocio? —pregunté mientras recuperaba el aliento en la orilla del lago pequeño.

Bruno se encogió de hombros.

—Bien —dijo.

—¿Las cuentas salen?

Hizo una mueca. Me miró como si hubiese tocado un tema desagradable, solo por el placer de fastidiarle el día. Luego dijo:

—Lara se ocupa de las cuentas. Yo he intentado llevarlas, pero creo que no valgo para eso.

Subimos por el pedregal, entre la niebla espesa. Sin sendero, cada uno andaba por su cuenta. No se veía lo suficiente para guiarse por los cúmulos de piedras y, en efecto, los perdimos casi enseguida, y más bien seguimos la pendiente, el instinto, las líneas que sugería el propio pedregal. Ascendíamos a ciegas y de vez en cuando oía el ruido de las piedras que Bruno movía por arriba y por debajo de mí, vislumbraba su perfil y lo seguía. Si nos distanciábamos demasiado, uno de los dos gritaba «¿Oh?», y el otro respondía «¡Oh!». Corregíamos la ruta como dos barcas en la niebla.

Hasta que, en un momento dado, me di cuenta de que cambiaba la luz. Ahora creaba sombras en las rocas que había delante de mí. Alcé la vista y vi una tonalidad azul entre la capa de humedad que se iba despejando, y poco después salí: de golpe estaba mirando alrededor a pleno sol, con el cielo de septiembre sobre mi cabeza y el blanco compacto de las nubes a mis pies. Nos hallábamos muy por encima de los dos mil quinientos metros. Pocas cumbres emergían a esa cota como cadenas de islas, como afloramientos de cordilleras ocultas.

Vi también que nos habíamos desviado de la cumbre del Grenon, o que por lo menos nos habíamos desviado del camino habitual: pero, en vez de cruzar el pedregal para ir al desfiladero, opté por tratar de llegar a la cumbre que tenía sobre mí. Me di cuenta de que no era difícil. Mientras trepaba, abrigué la ilusión de conquistar una gran cumbre y figurar en los archivos del Club Alpino Italiano: cumbre noroccidental del Grenon, primer ascenso en solitario, Pietro Guasti, 2008. Pero poco más allá, en una pequeña terraza, encontré latas oxidadas, de carne o quizá de sardinas, de las que muchos años atrás, en la montaña, nadie se molestaba en devolver al valle. Así supe, una vez más, que otros habían llegado antes que yo.

Un barranco separaba mi cumbre de la de la ruta habitual, cada vez más escarpado a medida que ascendía. Bruno había ido por el barranco, y vi que, para trepar, había elaborado una técnica propia: colocaba las manos y subía a cuatro patas, rápido, eligiendo los puntos de apoyo instintivamente y sin cargar el peso. A veces el terreno cedía bajo sus pies o sus manos pero ya lo había sobrepasado, y los desprendimientos de piedras continuaban como pequeños derrubios en recuerdo de su paso. *Omo servadzo*, pensé. Llegué arriba antes que él y tuve tiempo de contemplar desde la cumbre su nuevo estilo.

–¿De quién has aprendido a subir de esa manera? –le pregunté.

–De las gamuzas. Una vez las estuve observando y me dije: yo también lo voy a intentar.

–¿Y funciona?

–Bueno. Todavía tengo que mejorar un poco.

—¿Sabías que se salía de las nubes?

—Me lo esperaba.

Nos sentamos contra el montón de piedras donde una vez encontré las palabras de mi padre. El sol resaltaba cada arista y corte, y lo mismo hacía con el rostro de Bruno: tenía arrugas nuevas alrededor de los ojos, sombras debajo de los pómulos, surcos que no le recordaba. Su primera temporada en la alzada debía de haber sido dura.

Ese me pareció el momento oportuno para hablarle de mi viaje. Le dije que en Milán había conseguido financiación para estar fuera al menos un año. Quería recorrer las regiones de Nepal y hablar de las poblaciones de aquellas montañas: había muchísimas, en los valles del Himalaya, todas distintas entre sí. Iba a marcharme en octubre, en cuanto acabara la temporada de los monzones. Tenía poco dinero pero muchos contactos con gente que trabajaba allí y que me ayudaría y me daría hospedaje. Le confesé que había dejado el piso de Turín, que ahora ya no tenía piso ni lo quería, y que si las cosas en Nepal me iban bien a lo mejor me quedaba más tiempo.

Bruno me escuchó en silencio. Cuando terminé de hablar permaneció un rato reflexionando sobre las implicaciones de lo que le había contado. Miraba el Monte Rosa y dijo:

—¿Te acuerdas de aquella vez con tu padre?

—Por supuesto que me acuerdo.

—Yo pienso en aquello de vez en cuando, ¿sabes? ¿El hielo de aquel día habrá llegado hasta abajo?

—No lo creo. Debe de estar aún a mitad de camino.

—Sí, yo creo lo mismo.

Luego dijo:

—¿El Himalaya se parece un poco a esto?

—No —respondí—. En absoluto.

Era difícil explicarle por qué, pero quería intentarlo, y añadí:

—A ver, piensa en esos enormes monumentos caídos, como los de Roma y Atenas. En los templos de la Antigüedad de los que solo quedan algunas columnas y en el suelo están las piedras que eran las paredes. Pues bien, el Himalaya es como el templo original. Es como poder verlo todo entero después de que durante una vida solo has visto ruinas.

Enseguida me arrepentí de haber hablado de ese modo. Bruno observaba los glaciares sobre las nubes y pensé que durante los meses siguientes lo recordaría así, como el guardián de ese montón de escombros.

Luego se puso de pie.

—Hora de ordeñar —dijo—. ¿Tú también bajas?

—Creo que me quedaré todavía un rato más —respondí.

—Haces bien. ¿A quién le apetece volver abajo?

Bajó por el barranco por el que había subido y desapareció entre las rocas. Lo vi de nuevo pocos minutos después, a un centenar de metros. Abajo había una lengua de nieve, desplazada hacia el norte, y Bruno había cruzado el pedregal para llegar hasta ella. Pisó el pequeño nevero para comprobar su consistencia. Alzó la mirada hacia mí y me saludó con una mano, y yo le respondí con un gesto amplio, para que se viese desde lejos. La nieve debía de estar bien helada, pues Bruno saltó sobre ella y enseguida cogió velocidad: avanzaba a grandes zancadas, esquiando con sus botas de trabajo, balanceando los brazos para mantener el equilibrio, y en un instante fue devorado por la niebla.

11

Anita nació en otoño, como los montañeses.

Yo no estaba ese año: en Nepal me había puesto en contacto con el mundo de las organizaciones no gubernamentales y colaboraba con algunas de ellas. Rodaba documentales en las aldeas donde construían escuelas y hospitales, llegaban proyectos agrícolas y de trabajo femenino y a veces montaban campamentos para los prófugos tibetanos. No todo lo que veía me gustaba. Los dirigentes de Katmandú no eran nada más que políticos que querían medrar. En cambio, en la montaña conocía gente de toda clase, desde viejos hippies hasta estudiantes del voluntariado internacional, desde médicos voluntarios hasta alpinistas que, entre una expedición y otra, trabajaban de albañiles. Tampoco aquella era una humanidad inmune a las ambiciones y a los conflictos de poder, pero lo que no le faltaba era idealismo. Y yo entre los idealistas me encontraba bien.

Estaba en el Mustang, en junio, un altiplano árido en la frontera con el Tíbet formado por casitas blancas enclavadas en la roca roja, cuando mi madre me escribió para contarme que acababa de ir a Grana y que había descubierto que Lara estaba embarazada de cinco meses. Enseguida se sintió llamada al deber. Durante el verano me envió cartas que parecían partes médicos: en junio Lara se había torcido un tobillo cuando estaba en el prado y había seguido cojeando varios días; en julio, con su piel blanquísima, había tenido fiebre por insolación preparando el heno; en agosto, ya con las piernas hinchadas y dolor de espalda, todavía bajaba el queso con la mula dos veces a la semana. Mi madre le mandaba que reposase. Lara no hacía caso. Cuando Bruno propuso contratar a un trabajador para que la reemplazase, ella protestó diciendo que también todas las vacas estaban embarazadas y que no daban problemas; es más, viéndolas tan tranquilas ella también se relajaba.

Yo estaba ahora en Katmandú, en plena época de los monzones. Cada tarde la ciudad era flagelada por un temporal. Entonces su enloquecido tráfico de motos y bicicletas se paraba, sus jaurías de perros vagabundos se refugiaban bajo los aleros, sus calles se convertían en ríos de fango y basura y yo me metía en un local telefónico y me sentaba ante un ordenador viejo para leer las novedades. Mi madre me sorprendía. No sabía si admirar más a Lara, que estaba teniendo su primer embarazo en la alzada, o a esa otra mujer de setenta años que subía a pie a verla y una vez al mes la acompañaba al hospital. La ecografía de agosto determinó, ya sin la menor duda, que el niño era una niña. Lara siguió yendo al pastoreo incluso después, cuando ya la barriga le impedía prácticamente todo movimiento que no fuese el de andar delante del rebaño y sentarse bajo un árbol para vigilarlo.

Luego, el último domingo de septiembre, con el pelaje peinado y brillante, las colleras de cuero repujado y los cencerros de ceremonia, las vacas bajaron al valle en un solemne desfile de final de temporada. Bruno las colocó en un establo que alquilaba para el invierno y, así las cosas, lo único que quedaba era esperar. Debía de haber hecho algún cálculo de montañés para que Lara pariera poco después, como si ese fuese también un trabajo de temporada.

Recuerdo dónde estaba cuando mi madre me dio la noticia: en el bajo Dolpo, a la orilla de un lago que se parecía increíblemente a un lago alpino, rodeado de bosques de abetos rojos y templos budistas, con una chica que había conocido en Katmandú. Ella trabajaba en la ciudad, en un orfanato, pero en esos días se había tomado unos días de vacaciones para irnos solos a la montaña. En un refugio sin estufa a tres mil quinientos metros, cuyas paredes no eran sino finas tablas de madera pintadas de azul, juntamos dos sacos de dormir y allí nos arrebujamos: por la ventana observaba el cielo estrellado y las puntas de los árboles mientras ella dormía. De pronto, vi aparecer la luna. Seguí despierto largo rato pensando en mi amigo Bruno, que ahora era padre.

Cuando volví a Italia, en 2010, la encontré sumida en una crisis económica grotesca. Milán la anunciaba ya en su aeropuerto desmantelado, con cuatro aviones a lo largo de kilómetros de pistas de aterrizaje y los escaparates de las casas de alta costura brillando en los pasillos vacíos. Desde el tren que me llevaba a la ciudad, con un aire acondicionado gélido en la noche de julio, por todas partes vi explanadas, obras, grúas altísimas, rascacielos de perfiles excéntricos que cobraban forma en el horizonte. No comprendía cómo en todos los periódicos contaban que no había dinero cuando en Milán, al igual que en Turín, notaba una fiebre constructora de años dorados. Buscar a los viejos amigos fue como recorrer pasillos de hospitales: las productoras, las agencias publicitarias y los canales de televisión con los que yo mismo había trabajado cerraban por quiebra, y muchos de ellos estaban en un sofá de brazos cruzados. Más o menos con cuarenta años, se resignaban a hacer trabajillos de un día y a aceptar el dinero que les daban sus padres jubilados. Mira fuera, me dijo uno de ellos, ¿no ves que se levantan edificios por todas partes? ¿Quién nos está robando lo que nos correspondía? Allí donde fuese respiraba ese clima de decepción y de rabia, esa sensación de agravio generacional. Era un alivio tener ya en el bolsillo el pasaje con el que iba a marcharme de nuevo.

Pocos días después subí a un autobús hacia la montaña, luego a otro en la entrada del valle y me apeé delante del bar al que antaño mi madre y yo íbamos a llamar por teléfono, aunque nuestra cabina roja ya no existía desde hacía tiempo. Como entonces, recorrí el sendero a pie. El viejo camino de herradura cortaba las curvas de la carretera asfaltada y enseguida era engullido por las zarzas y el follaje, de manera que, en vez de seguirlo, subí de memoria por el bosque. Cuando salí, descubrí que al lado de las ruinas de la torre había un repetidor para móviles y que abajo, en la cañada, un dique de cemento cortaba el curso del torrente. El pequeño embalse artificial estaba lleno del barro del deshielo: una excavadora lo sacaba del agua y lo descargaba en la orilla, destruyendo con surcos de oruga y arena fangosa los prados donde Bruno llevaba el ganado a pastorear de niño.

Luego, como siempre, dejé atrás Grana y tuve la sensación de haberme librado de todos los venenos. Era como en el Annapurna, como entrar en el valle sagrado:

solo que aquí no había ningún precepto religioso, el olvido era lo que lo mantenía todo intacto. Encontré el claro que Bruno y yo, de niños, llamábamos «la serrería», porque quedaban dos vías y una vagoneta que a saber cuándo se habían usado para cortar tablas de construcción. De ahí al lado partía un teleférico que entonces transportaba las tablas a las alzadas, con el cable de acero envolviendo un alerce y ya devorado por la corteza. Se lo habían olvidado porque mi montaña de la infancia no tenía ningún valor, y esa era su suerte. Aminoré el paso, como pedían en un susurro los porteadores nepalíes en la alta montaña. *Bistare, bistare*. No quería llegar demasiado pronto. Cada vez que subía de nuevo me daba la sensación de volver a mí mismo, al lugar donde era yo y me sentía bien.

En la alzada me esperaban para comer. Bruno, Lara, la pequeña Anita, que con menos de un año jugaba sobre una manta en medio del prado, mi madre, que no la perdía de vista un instante. Dijo «¡Ha venido el tío Pietro, Anita, mira!», y enseguida me la llevó para que nos conociéramos. La niña me observó con recelo, le llamó la atención mi barba, tiró de ella y dijo algo que no entendí, se rio del descubrimiento. Mi madre parecía otra comparada con la mujer de la que me había despedido al marcharme. Pero no solo ella, ahora toda la alzada parecía más alegre: había gallinas y conejos, seguían la mula, las vacas, los perros, al fuego había polenta y estofado, la mesa estaba puesta al aire libre.

A Bruno le alegró tanto verme que me abrazó. Para nosotros era inusual ese gesto; así, mientras me estrechaba, pensé: ¿ha cambiado algo? Cuando nos separamos lo miré bien a la cara buscando las arrugas, las canas, las marcas de la edad en los rasgos. Tuve la sensación de que él buscaba las mismas señales en mí. ¿Seguíamos siendo nosotros? Luego me hizo presidir la mesa y sirvió la bebida, cuatro vasos repletos de vino tinto para brindar por mi regreso.

Ya no estaba habituado al vino ni a la carne y pronto ambas cosas me embriagaron. Hablaba a rienda suelta. Lara y mi madre se turnaban para ir a ocuparse de Anita, hasta que la niña empezó a tener sueño y hubo un gesto, creo, o un acuerdo silencioso entre ellos, y mi madre la cogió en brazos y, arrullándola, se alejó. Había llevado como regalo una tetera, tazas y un sobre de té negro, así que cuando terminamos de comer lo preparé a la tibetana, con mantequilla y sal, si bien la mantequilla de alzada no es fuerte y rancia como la de yak. Mientras hacía la mezcla les conté que en el Tíbet usaban la mantequilla de mil maneras: la quemaban en lámparas, la untaban como ungüento en el pelo de las mujeres, la amasaban con los huesos en las sepulturas celestiales.

–¿Qué? –dijo Bruno.

Entonces expliqué que en los altiplanos no había suficiente leña para incinerar los cadáveres: el muerto era desollado y dejado sobre una colina para que lo devorasen los buitres. Pasados unos días se regresaba y solo quedaban huesos. Trituraban y amasaban la calavera y el esqueleto con mantequilla y harina, de manera que también se convertían en comida para las aves.

–Qué horror –dijo Lara.

–¿Por qué? –preguntó Bruno.

–¿Te lo imaginas? El muerto allí en el suelo y los buitres despedazándolo poco a poco.

–Bueno, estar en un agujero no es muy distinto –dije–. Alguien te come, de todos modos.

–Sí, pero al menos no lo ves –dijo Lara.

—Pues es estupendo –dijo Bruno–. Comida para aves.

Por el contrario, el té no le gustó, entonces vació su taza y también las nuestras y las llenó con el aguardiente que había en una botella grande. Para entonces los tres ya estábamos un poco borrachos. Rodeó con un brazo los hombros de Lara y dijo:

—¿Y cómo son las chicas del Himalaya? ¿Bonitas como las de los Alpes?

Me parece que me puse serio sin querer. Masculló alguna respuesta.

—¿No te habrás convertido en monje budista? –preguntó Bruno.

Pero Lara había captado el sentido de mi reticencia y respondió en mi lugar:

—No, no. Está con una chica.

Entonces Bruno me miró a la cara y se rio, porque se dio cuenta de que era verdad, y yo instintivamente busqué a mi madre con la mirada, demasiado lejos para oír.

Más tarde fui a tumbarme al pie de un viejo alerce, un árbol solitario que dominaba los prados por encima de las casas. Echado, con los ojos entornados y las manos detrás de la nuca, miraba las cumbres y las crestas del Grenon entre las ramas y dejaba que me invadiese el sueño. Aquella vista me recordaba siempre a mi padre. Pensé que de algún modo, sin saberlo, la extraña familia con la que estaba la había creado él. Quién sabe qué habría pensado si nos hubiese visto a todos en la comida. A su mujer, a su hijo, a su otro hijo de la montaña, a una chica joven y a una niña. Si hubiésemos sido hermanos, pensé, sin duda Bruno habría sido el primogénito. Él era el que construía. El constructor de casas, de familias, de empresas; el hermano mayor con sus tierras, su ganado, su prole. Yo era el hermano menor que dilapidaba. El que no se casa, no tiene hijos, se va a recorrer el mundo y no manda noticias durante meses hasta que aparece en casa el día de la fiesta y justo a la hora de comer. Quién lo habría dicho, ¿eh, papá? Con esas fantasías alcohólicas me quedé dormido al sol.

Ese verano me quedé con ellos un par de semanas. No lo suficiente para dejar de sentir que estaba de visita, aunque tampoco permanecí de brazos cruzados. Mis dos años de ausencia se notaban en la *barma*, tanto es así que cuando vi la casita le pedí perdón: las hierbas invasoras ya habían comenzado a rodearla, muchos tablones del tejado estaban combados y sueltos, y al marcharme me había olvidado de quitar el trozo de chimenea que asomaba del muro, y, como la nieve lo había partido, había causado daños también dentro de la casa. En unos años más la montaña podía hacerse de nuevo con ella y reducirla otra vez al montón de piedras que había sido. Así que decidí ocuparme esos días de la casa, hasta dejarla lista para mi nueva partida.

No tardé en descubrir que algo había empezado a estropearse entre Bruno y Lara durante mi ausencia. Cuando mi madre se encontraba fuera y Anita ya estaba acostada, la granja feliz se convertía en una empresa con los números en rojo y mis dos amigos se volvían dos socios enfrentados. Lara no hablaba de otra cosa. Me dijo que las ganancias del queso no llegaban para pagar las cuotas del préstamo. El dinero entraba y salía pero a ellos no les quedaba nada, y mientras tanto la deuda con el banco seguía intacta. Pero en verano, viviendo arriba, conseguían ser casi autosuficientes; era en invierno, con el alquiler del establo y los otros gastos, cuando no les llegaba el dinero. Habían tenido que pedir otro préstamo. Deudas nuevas para pagar las viejas.

Ese verano Lara había decidido saltarse un trámite y prescindir del mayorista, el que yo había conocido, y vender directamente a los comerciantes, aunque eso suponía un montón de trabajo más para ella. Dos veces a la semana dejaba a la niña en Grana con mi madre y llevaba los repartos en coche, mientras a Bruno no le quedaba más remedio que arreglárselas solo en la alzada; para empezar de nuevo tendrían que haber contratado a alguien.

Él se ponía a resoplar cuando ella acababa de contarme lo que pasaba. Una noche dijo:

—¿No podemos cambiar de tema? A Pietro no lo vemos nunca, ¿tenemos que pasarnos todo el rato hablando de dinero?

Lara se ofendió.

—¿Y de qué quieres que hablemos? —dijo—. No sé, ¿de yaks? ¿Qué opinas, Pietro, no podríamos montar un buen criadero de yaks?

—No estaría mal —comentó Bruno.

—¿Lo oyes? —me dijo Lara—. Él vive en lo alto de la montaña, no tiene los problemas que tenemos el común de los mortales. —Y luego, dirigiéndose a él—: Oye, pero el que se ha metido en este lío eres tú.

—En efecto —dijo Bruno—. Son mis deudas, no te las tomes demasiado a pecho.

Tras esas palabras, ella le clavó los ojos rabiosa, se levantó de golpe y salió. Él se arrepintió enseguida de haberle respondido mal.

—Ella tiene razón —me dijo cuando nos quedamos solos—. Pero ¿qué puedo hacer? No puedo trabajar más. Y pensar siempre en el dinero no arregla nada, así que más vale pensar en algo mejor, ¿no?

—Pero ¿cuánto necesitáis? —pregunté.

—Olvídalo. Como te lo diga, te asustas.

—Yo puedo ayudarte. Puedo quedarme aquí trabajando hasta el final de la temporada.

—No, gracias.

—Oye, no tienes que pagarme. Lo hago con gusto.

—No —dijo Bruno con sequedad.

En los días que faltaban para mi partida no volvimos a tocar el tema. Lara iba a lo suyo, ofendida, preocupada, atareada con la niña. Bruno fingía que no había pasado nada. Yo iba y volvía de Grana por el material que necesitaba para arreglar la casita: había repasado el cemento en las partes donde se había rajado, tapado el tubo del tiro, limpiado el terreno de hierbajos. Había mandado cortar tablones de alerce iguales a los de antes, y estaba en el tejado reemplazándolos, cuando Bruno vino a visitarme: a lo mejor quería ir a la montaña, pero nada más verme cambió de parecer y subió conmigo al tejado.

Era un trabajo que ya habíamos hecho seis años antes. Recuperamos rápidamente nuestro antiguo ritmo. Bruno quitaba los clavos de la tabla vieja y yo la tiraba al prado, luego colocaba la nueva y la sujetaba mientras él la clavaba. No hacía falta que nos dijéramos nada. Durante una hora fue como si volviéramos a aquel verano, cuando nuestras vidas aún debían tomar un rumbo y no tenían más problemas que construir un muro o levantar una viga. Tardamos poquísimo. Por fin, el tejado quedó como nuevo y fui a la fuente por dos cervezas que conservaba frescas en el agua gélida.

Aquella mañana quité las telas de oración, desteñidas y desgarradas por el viento, y las quemé en la estufa. Luego colgué otras, ya no entre dos troncos sino entre la pared rocosa y una esquina de la casa, pensando en las estupas que había visto en Nepal. Ahora se mecían al viento sobre el epitafio de mi padre y parecían bendecirlo. Bruno las estaba observando cuando bajé.

—¿Qué hay escrito en la tela? —preguntó.

—Son oraciones que piden suerte —dije—. Prosperidad. Paz. Armonía.

—¿Y tú crees en eso?

—¿En qué, en la suerte?

—No, en las oraciones.

—No lo sé. Pero me ponen de buen humor. Ya es mucho, ¿no?

—Sí, tienes razón.

Me acordé de nuestro amuleto y lo busqué para ver en qué estado se encontraba. El pequeño pino cembro seguía allí, frágil y torcido como cuando lo había trasplantado, pero vivo. Ya iba por su séptimo invierno. También se mecía al viento pero no inspiraba paz ni armonía: obstinación, más bien. Apego a la vida. Me dije que esas no eran virtudes en Nepal, pero a lo mejor sí en los Alpes.

Destapé las cervezas. Al pasarle una a Bruno, le pregunté:

—Bueno, ¿qué tal es ser padre?

—¿Que qué tal? —dijo—. Uf, ya me gustaría saberlo.

Alzó la vista al cielo y añadió:

—De momento, es fácil, la cojo en brazos y la acaricio como si fuese un conejito o un gatito. Eso sé hacerlo, siempre lo he hecho. Lo difícil llegará cuando tenga que contarle algo.

—¿Por qué?

—Y yo qué sé. Lo único que he visto en mi vida es esto.

Dijo esto e hizo un gesto con la mano que debía abarcar el lago, el bosque, los prados y los pedregales que teníamos delante. Yo ignoraba si alguna vez había salido de allí y, si lo había hecho, hasta dónde había llegado. Nunca se lo había preguntado, en parte por no ofenderlo, en parte porque la respuesta no habría cambiado nada.

Dijo:

—Sé ordeñar a las vacas, sé hacer el queso, sé cortar un árbol, sé construir una casa. También sabría dispararle a un animal y comérmelo si me estuviese muriendo de hambre. Esas cosas me las enseñaron desde pequeño. Pero ¿quién me ha enseñado a ser padre? El mío no, por supuesto. Al final tuve que darle una paliza para que me dejase en paz, ¿te lo he contado alguna vez?

—No —dije.

—Pues sí. Trabajaba todo el día en la obra, era más fuerte que él. Creo que le hice daño porque no he vuelto a verlo. Pobre hombre.

Miró de nuevo el cielo. El mismo viento que mecía mis telas de oración empujaba las nubes más allá de las cimas.

Dijo:

—Por eso me alegro de que Anita sea chica, por eso puedo quererla, simplemente.

Nunca lo había visto tan abatido. Las cosas no le estaban yendo como había esperado. Tenía la misma sensación de impotencia que cuando éramos chicos y él se pasaba un día sin hablar, sumido en un desconsuelo que me parecía absoluto e irremediable. Habría querido conocer un truco de viejo amigo para levantarle la moral.

Antes de que se marchara me acordé de la historia de las ocho montañas y pensé que le gustaría. Se la conté, procurando reproducir cada palabra y cada gesto de mi porteador de gallinas. Dibujé el mandala con un clavo en una tabla de madera.

—¿De manera que tú serías el que va por las ocho montañas, y yo el que asciende al monte Sumeru? —me preguntó al final.

—Eso es lo que parece.

—¿Y cuál de los dos lo hace bien?

—Tú —respondí.

No solo por animarlo, sino porque lo creía. Creo que eso también lo sabía él.

Bruno no dijo nada. Miró el dibujo otra vez para recordarlo. Luego me dio una palmada en un hombro y bajó de un salto del tejado.

Sin haberlo planificado de ninguna manera, en Nepal yo también acabé ocupándome de niños. Aunque no en la montaña, sino en las afueras de Katmandú, que se extendían a lo largo de todo su valle y ya se parecían a uno de los muchos poblados chabolistas del mundo. Eran hijos de gente que había bajado para mejorar su suerte. Algunos habían perdido a uno de los padres y otros a ambos, pero lo más frecuente era que el padre o la madre vivieran en una chabola, trabajaran como esclavos en otro agujero de ese hormiguero y dejaran que la calle criara a sus hijos. Así, a esos niños les había tocado un destino que no existía en la montaña: en Katmandú los niños mendigos, las pequeñas bandas dedicadas a algún tráfico, los niños atontados y sucios que hurgaban en la basura formaban parte del paisaje urbano tanto como los monos de los templos budistas y los perros vagabundos.

Había organizaciones que procuraban ocuparse de ellos, en una de las cuales trabajaba la chica con la que estaba. Debido a lo que veía en la calle y a lo que ella me contaba, no pude por menos de echarle una mano. Uno encuentra su lugar en el mundo de la forma más imprevisible de lo que puede imaginarse: después de tanto viajar había acabado en una gran ciudad, a los pies de las montañas, con una mujer que en el fondo hacía el mismo trabajo que mi madre. Y con la que, en cuanto podíamos, huíamos a la montaña para recuperar las fuerzas que la ciudad nos quitaba.

Cuando caminaba por aquellos senderos solía pensar en Bruno. Eran más los niños, que los bosques y los ríos, quienes me lo recordaban. Me acordaba de él a su edad, criado en lo que quedaba de su pueblo agonizante, con ruinas en las que jugaba solo y una escuela convertida en tasca. En Nepal había mucho que hacer para alguien con sus talentos: nosotros enseñábamos inglés y aritmética con libros, pero quizá tendríamos que haber enseñado a aquellos hijos de emigrantes cómo cultivar un huerto, cómo construir un establo, cómo criar cabras, y así, de vez en cuando, fantaseaba con la idea de llevarlo allí, de sacarlo de su montaña moribunda, para que educara a nuevos montañeses. Podríamos haber hecho grandes cosas en aquella parte del mundo.

Sin embargo, si hubiese dependido de nosotros, no habríamos sabido nada el uno del otro durante años, como si no necesitásemos cuidar nuestra amistad. Mi madre era la que se encargaba de mantenernos comunicados, acostumbrada como estaba a vivir entre hombres que no se hablaban: me contaba de Anita, de su carácter, que se estaba formando, de la manera en que crecía selvática y sin miedos. Le había cogido cariño a esa niña y le preocupaba ver que sus padres se llevaban cada vez peor. Trabajaban demasiado y seguían inventándose maneras de trabajar todavía más, tanto es así que, en verano, mi madre se quedaba con Anita en Grana para que al menos no tuvieran esa preocupación. Lara estaba desesperada por las deudas. Bruno se había encerrado en el mutismo y en el trabajo. Mi madre no decía abiertamente lo que se temía, pero no era difícil leer entre líneas; tanto ella como yo empezábamos a comprender cómo iba a terminar todo.

Siguieron así aún un tiempo más. En otoño de 2013 Bruno se declaró en quiebra, cerró la empresa agrícola y entregó las llaves de la alzada al agente judicial, y Lara se fue a vivir donde sus padres con la niña. Aunque según mi madre las cosas ocurrieron en el orden opuesto: ella había decidido dejarlo y él se había rendido, resignándose al fracaso. No tenía importancia. El tono de la carta en la que me dio esas noticias no era solo triste sino alarmado, y comprendí que mi madre estaba asustada por lo que ahora podía pasarle a Bruno. «Lo ha perdido todo —me escribió— y se ha quedado solo. ¿Puedes hacer algo?»

La releí dos veces antes de hacer algo que no había hecho nunca en Nepal: me levanté del ordenador, pedí permiso para usar un teléfono, entré en una de las cabinas y marqué el prefijo de Italia y el número de Bruno. Era uno de esos sitios de Katmandú donde parece que la gente está siempre matando el tiempo. El dueño estaba comiendo su plato de arroz y lentejas, un anciano sentado a su lado lo miraba y dos niños fisgaban la cabina para ver lo que hacía. Sonaron cinco o seis timbrazos, durante los cuales comencé a pensar que Bruno no iba a responder: conociéndolo, podía haber tirado el teléfono al bosque y decidido no hablar con nadie. Sin embargo, sonó entonces un clic, un ruidito lejano, y una voz alterada que decía:

—¿Diga?

—¡Bruno! —grité—. ¡Soy Pietro!

Los chiquillos rompieron a reír cuando me oyeron gritar en italiano. Me pegué el auricular a la oreja. La demora con que llegaba la voz no hacía más que aumentar mi nerviosismo; Bruno dijo:

—Sí, esperaba que fueras tú.

No tenía ganas de hablar de lo que había pasado con Lara. Pero eso podía imaginármelo sin que me lo dijera. Le pregunté cómo estaba y qué pensaba hacer. Respondió:

—Bien. Solo estoy cansado. Me han quitado la alzada, ¿sabes?

—Sí. ¿Y qué has hecho con las vacas?

—Ah, las he dado.

—¿Y Anita?

—Anita está con Lara, en la casa de sus padres. Allí les sobra sitio. He hablado con ellas, están bien.

Luego añadió:

—Oye, quería preguntarte algo.

—Dime.

—Si puedo usar la casa de la *barma*, porque ahora no sé dónde quedarme.

—Pero ¿quieres estar arriba?

—No me apetece ver gente, ya sabes cómo soy. Prefiero estar un tiempo en la montaña.

Dijo eso, «en la montaña». Era rarísimo oír su voz a través de un teléfono en Katmandú, una voz que llegaba ronca y distorsionada y que me costaba reconocer, pero en ese momento supe que era él. Era Bruno, mi viejo amigo.

Dije:

—Claro. Puedes quedarte todo el tiempo que quieras. Es tu casa.

—Gracias.

Tenía que decirle algo más, pero era difícil. No estábamos acostumbrados a pedirnos ni a ofrecernos ayuda. Sin rodeos, le pregunté:

—Oye, ¿quieres que vaya?

En otra época Bruno me habría respondido enseguida que me quedara donde estaba. En cambio, esta vez calló. Luego, cuando respondió, empleó un tono que nunca le había oído. Irónico, en parte. En parte, indefenso.

Dijo:

—Bueno, estaría bien.

—Entonces, resuelvo unas cosas aquí y voy, ¿de acuerdo?

—De acuerdo.

Era el final de una tarde de octubre. Salí del local telefónico mientras en la ciudad oscurecía. En aquella parte del mundo las calles no están iluminadas y al ocaso la gente regresa a casa deprisa, y se percibe cierta ansiedad por la llegada de la noche. Fuera había perros, polvo, ciclomotores, una vaca tumbada en medio de la calle entorpeciendo el tráfico, turistas de camino a los restaurantes y los hoteles, el ambiente de una noche de fines de verano. En Grana, en cambio, empezaba el invierno, y me dije que nunca había visto ninguno.

12

A mediados de noviembre el cañón de Grana estaba abrasado por la sequedad y el hielo. Tenía el color del ocre, de la arena, de la cerámica, como si los pastos se hubiesen incendiado y ya se hubiese apagado el fuego. En los bosques continuaba el incendio: en los lados de la montaña las llamas de oro y de bronce de los alerces iluminaban el verde oscuro de los abetos, que caldeaban el alma si elevabas la vista al cielo. En el pueblo, en cambio, reinaba la sombra. El sol no llegaba al fondo del cañón y la tierra estaba dura, cubierta en todas partes por una capa de escarcha. En el pequeño puente de tablones, cuando me agaché para beber, vi que el otoño había embrujado mi torrente: el hielo formaba gradas y túneles, cristalizaba las piedras, convertía las matas de hierba seca en esculturas.

Cuando subía hacia la alzada de Bruno me crucé con un grupo de cazadores. Llevaban chaquetas de camuflaje y prismáticos al cuello, pero no escopetas. No me parecieron gente del lugar, pero podía ser que en otoño también las caras cambiaran y que el intruso fuera yo. Hablaban en dialecto y al verme callaron, me miraron de arriba abajo, se hicieron los desentendidos y pasaron de largo. Poco después descubrí dónde se habían apostado: en una alzada, cerca del banco donde Bruno y yo nos sentábamos de noche, encontré colillas apagadas y un paquete de cigarrillos arrugado. Debían de haber subido temprano por la mañana para examinar los bosques desde ese especial punto de observación. Bruno, al marcharse, lo había dejado todo en orden: había atrancado la puerta del establo, cerrado las contraventanas, amontonado la leña a un lado de la casa, volcado los abrevaderos a lo largo de la pared. Incluso había esparcido el estiércol, que ahora estaba seco y no olía en los pastos amarillentos. No me pareció sino una alzada preparada para el invierno y me quedé un rato recordando cómo era, llena de ruidos y de vida, en mi última visita. En medio de aquel silencio se elevó un bramido en la otra ladera de la cañada. Lo había oído pocas veces, pero basta haberlo oído una vez para luego reconocerlo. Es un grito poderoso, gutural, rabioso, con el que el ciervo macho asusta a sus rivales en celo, aunque ya era tarde para la reproducción. Podía ser que ese ciervo estuviese solo rabioso. Gracias a eso supe también qué habían ido a buscar esos cazadores.

Me ocurrió algo parecido pocos días después, en el lago. El sol acababa de salir por las cumbres del Grenon y entibiaba los pedregales que dan al sur. Pero la ensenada situada al pie de la pendiente seguía a la sombra todavía a esa hora: en el agua se había formado una capa de hielo, una medialuna brillante y oscura. Cuando la toqué con el palo, el hielo era tan fino que se partió. Recogí un trozo del agua y lo levanté para mirarlo al trasluz, y en ese momento oí que una sierra mecánica se ponía en funcionamiento. Dos acelerones, y luego el chirrido de la hoja cortando la madera. Miré hacia arriba, para saber de dónde provenía. Había un pequeño grupo de alerces en medio de la pendiente, un poco más allá de la *barma*, que crecían sobre una especie de pequeña terraza: sobresalía el tronco de un árbol muerto, desnudo y gris, en medio de las copas amarillas de los otros. Oí que la sierra mecánica se hundía dos veces en la madera. Tras la pausa precisa para bordear la planta, el chirrido sonó de nuevo con fuerza. La punta del alerce se tambaleó. Lo vi inclinarse lentamente y luego ceder de golpe, con el estruendo de las ramas que se parten en la caída.

–Qué quieres que te diga, Pietro, ha ido mal –me dijo Bruno esa noche.

Se encogió de hombros para que supiera que no tenía nada más que añadir sobre el tema. Tomaba un café recalentado en la estufa y miraba fuera, donde a las cinco ya oscurecía. En casa nos alumbrábamos con velas, ahora que nuestro pequeño molino estaba parado por la sequía: en un rincón había visto dos paquetes enteros de velas blancas, junto con sacos de harina de maíz, algún queso que había quedado de la última producción, un montón de latas, patatas, cartones de vino. No eran las reservas de alguien que tuviese precisamente la intención de bajar pronto. Durante el mes transcurrido desde el día que habíamos hablado por teléfono, Bruno se había aprovisionado de comida y había pasado el luto a su manera: la empresa de la alzada había ido mal, la relación con Lara había ido mal, y él hablaba de ello o, mejor dicho, evitaba hablar de ello, como si ya fuese una época remota, en el tiempo y en sus pensamientos. Más que recordarla, parecía querer olvidarla del todo.

Dedicamos ese día de noviembre a hacer leña para el invierno. Por la mañana recorríamos la cuesta en busca de un árbol muerto, subíamos a derribarlo, le quitábamos ramas, Bruno redondeaba la punta con la sierra mecánica, luego tardábamos un montón de horas en arrastrarlo hasta la casa. Lo atábamos con una cuerda gruesa y tirábamos de él. Habíamos puesto rampas en el bosque, que hicimos con viejas tablas a modo de traviesas, y parapetos con ramas que amontonamos donde el tronco podía partirse por la pendiente, aunque antes o después se bloqueaba en un obstáculo y entonces no nos quedaba más remedio que deslomarnos y quitarlo de allí. Bruno lo insultaba. Usaba un pico como si fuese un machete de leñador, hacía palanca en el tronco para darle media vuelta, probaba hacia un lado y hacia otro, blasfemaba, al final tiraba el pico e iba por la sierra mecánica. Siempre había admirado su manera de trabajar, la elegancia con que usaba cualquier herramienta, pero ahora no le quedaba nada de eso: ponía en marcha la sierra mecánica con rabia, se le calaba, volvía a encenderla, a veces se quedaba sin gasolina y entonces estaba en un tris de tirarla también, por último hacía trizas el tronco y así zanjaba el asunto, si bien lo que aún quedaba por hacer era llevar el tronco a casa. Así, seguíamos partiéndolo con maza y cuña hasta la noche. Los golpes de hierro contra hierro vibraban en la montaña, más secos, sonoros, hoscos cuando los daba Bruno, más inseguros e inconexos cuando me tocaba darlos a mí, hasta que llegaba un toque hueco y el tronco se abría, y rematábamos el trabajo con el hacha.

Aún no había mucha nieve en el Grenon. La que había permitía distinguir los pedregales y los arbustos, las muelas y los peñascos, como si fuese poco más que una capa de escarcha. Pero hacia fin de mes hubo una ola de frío, la temperatura descendió de golpe y el lago se heló en una noche. A la mañana siguiente bajé a ver: cerca de la orilla, un enorme conglomerado de burbujas había ennegrecido y agrisado el glaciar, más lustroso y negro conforme la vista se adentraba. Con el palo no conseguía siquiera rayarlo, así que me arriesgué a andar por encima y comprobé que no se rompía. Apenas había dado unos pasos, cuando oí un estruendo en la profundidad del lago, que me hizo volver corriendo enseguida a la orilla. Una vez allí, lo oí de nuevo: era un estruendo profundo, vibrante, como el sonido de un bombo, y se repetía a un ritmo lentísimo, quizá cada minuto, quizá con más frecuencia. No podía ser sino el agua, que por debajo chocaba contra el hielo. Con la llegada del día el hielo debía de haber reducido la presión y era como si el agua tratase de romper a empellones la tumba en la que estaba encerrada.

A la puesta de sol empezaban nuestras interminables veladas. El horizonte al fondo del cañón se arrebolaba apenas unos minutos, antes de que cayese la noche. Luego, hasta la hora de acostarnos, la luz ya no cambiaba: eran las seis, las siete, las ocho, horas que pasábamos en silencio ante la estufa, cada uno con una vela para leer, el resplandor del fuego, el vino que debía durarnos lo más posible, el único pasatiempo de la cena. En aquellos días yo guisaba las patatas de todas las formas posibles. Cocidas, asadas, a la brasa, fritas con mantequilla, al horno con queso, acercando una vela a la sartén para ver si estaban hechas. Nos las comíamos en diez minutos y luego nos quedaban dos o tres horas de vigilia silenciosa. Lo cierto es que esperaba algo –ni siquiera sabía qué– que no estaba ocurriendo: había vuelto de Nepal para ayudar a mi amigo y ahora mi amigo no parecía necesitarme para nada. Si le hacía una pregunta, la dejaba correr con una de sus respuestas vagas, que cortaban de raíz toda posible conversación. Era capaz de estar una hora mirando el fuego. Y solo rara vez, cuando ya no me lo esperaba, hablaba: pero como empezando el tema por la mitad, o siguiendo en alta voz el hilo de sus pensamientos.

Una noche dijo:

—Una vez estuve en Milán.

—Ah, ¿sí? —dije yo.

—Pero fue hace mucho tiempo, tendría veinte años. Un día discutí con el jefe y me despedí de la obra. Tenía una tarde entera libre y me dije: pues ahora voy. Monté en el coche, cogí la autopista, llegué ya de noche. Quería tomar una cerveza en Milán. Entré en el primer bar y me la tomé, y luego vine de vuelta.

—¿Y qué te pareció Milán?

—Uf. Demasiada gente.

Y luego añadió:

—Y también estuve en el mar. Después del montón de libros que había leído, una vez fui a Génova y lo vi. Tenía una manta en el coche, dormí ahí. Total, en casa no me esperaba nadie.

—¿Y qué te pareció el mar?

—Un lago grande.

Eran comentarios así, que podían ser ciertos o no, y no conducían a nada. La gente que conocíamos siempre se quedaba fuera. Solo una vez dijo, de repente:

—¿Era bonito, eh, cuando nos sentábamos por la noche delante del establo?

Entonces dejé el libro que estaba leyendo y respondí:

—Sí, mucho.

—El modo en que llegaba la noche en julio, la calma que había, ¿te acuerdas? Era la hora que me gustaba más, y después, cuando me levantaba para ordeñar todavía a oscuras. Ellas dos dormían y yo sentía como si velase sobre todo, como si ellas pudiesen dormir tranquilas porque allí estaba yo. —Y añadió—: Es tonto, ¿verdad? Pero era lo que sentía.

—No sé qué tiene eso de tonto.

—Es tonto porque nadie puede ocuparse de los demás. Ocuparse de uno mismo ya es una hazaña. Un hombre está hecho para salir siempre adelante, si vale, pero si cree que vale más de la cuenta acaba arruinándose.

—¿Valer más de la cuenta significa crear una familia?

—Para algunos, probablemente.

—Entonces esos no deberían ni tener hijos.

—Pues no —dijo Bruno.

Lo miré en la penumbra, procurando comprender en qué pensaba. Medio rostro a la luz de la estufa, el resto completamente a oscuras.

—¿De qué hablas? —pregunté, y no respondió.

Miraba el fuego como si yo ya no estuviese allí.

Me puse tan nervioso que salí a la noche, echando de menos el cigarrillo que me habría hecho compañía. Estuve fuera buscando las estrellas que no había y preguntándome qué había ido a hacer allí, hasta que los dientes me empezaron a castañetear. Entré entonces en la habitación cálida, oscura y humosa. Bruno no se había movido. Me calenté los pies delante de la estufa, luego subí y me metí en el saco de dormir.

A la mañana siguiente me levanté antes que Bruno. No me apetecía compartir ese pequeño espacio con él, así que me salté el café y salí a dar una vuelta. Bajé a ver el lago, que encontré cubierto de una escarcha nocturna que el viento arrastraba de un lado a otro: la levantaba en rachas y remolinos que nacían y morían en pocos instantes, como espíritus inquietos. Debajo de la escarcha el hielo estaba negro y parecía de piedra. Un disparo resonó en el cañón mientras miraba: el sonido rebotó de una orilla a otra y resultaba difícil saber de dónde había salido, si de abajo, de los bosques, o de arriba, de las cumbres. Pero instintivamente busqué arriba, recorrí con la mirada los pedregales y los despeñaderos por si advertía algún movimiento.

Cuando volví a la *barma* vi que dos cazadores estaban hablando con Bruno. Tenían armas modernas, miras de alta precisión. En un momento dado uno de los dos abrió su mochila y dejó una bolsa negra a los pies de Bruno. El otro reparó en mí y me hizo un gesto de saludo, entonces relacioné ese gesto con algo que me sonaba familiar y supe quiénes eran esos dos, los primos a los que Bruno había comprado la alzada. No los veía desde hacía veinte años. No sabía que estuvieran en contacto con él ni cómo lo habían encontrado allá arriba, pero a saber cuántas cosas más habría en Grana que yo ni me imaginaba.

Una vez que se fueron, de la bolsa negra asomó una gamuza muerta y ya destripada. Vi que era una hembra cuando Bruno la colgó de la rama de un alerce por las patas traseras. Tenía el pelaje oscuro del invierno, dos cuernos pequeños semejantes a garfios, el lomo lo surcaba una raya tupida y negra, del fino cuello pendía el hocico sin vida. De la barriga abierta se seguía elevando vaho en el frío de la mañana.

Bruno fue a la casa por un cuchillo y lo afiló bien antes de ponerse a la tarea. Luego fue preciso y metódico como si no hubiese hecho otra cosa en la vida: cortó la piel de alrededor de los corvejones posteriores y continuó por el interior de los muslos hasta la ingle, donde se juntaban ambos cortes. Subió de nuevo, arrancó un borde de la piel del corvejón, dejó el cuchillo y agarró ese borde con las manos, tiró de él con fuerza y dejó al aire primero un muslo y luego otro. Debajo de la piel había una capa blanca y viscosa, la grasa que la gamuza había acumulado para el invierno, y debajo de la grasa se entreveía la carne rosada. Bruno cogió otra vez el cuchillo, hizo un corte en el pecho y otros dos a lo largo de las patas delanteras, agarró de nuevo el pelaje que ahora colgaba en medio del lomo y tiró de él con fuerza. Se requería mucha fuerza para arrancar la piel de la carne, pero él empleó más de la necesaria, por esa ira que lo acometía desde que me encontraba allí con él. Toda la piel se desprendió como un traje. Luego agarró un cuerno de la gamuza con la zurda, maniobró con el cuchillo entre las vértebras cervicales y oí el chasquido de una fractura. La cabeza se soltó del cuello junto con el pelaje que Bruno estiró sobre la hierba, con el pelo vuelto hacia el suelo y la piel hacia arriba.

La gamuza parecía ahora mucho más pequeña. Despellejada y decapitada, ya no parecía siquiera una gamuza sino solo carne, huesos y cartílagos, una de esas osamentas que cuelgan en las cámaras frigoríficas de los supermercados. Bruno introdujo las manos en el tórax de la gamuza y arrancó primero el corazón y los pulmones, luego la volvió del revés. Se valió de los dedos para encontrar las venas de los músculos a lo largo de la espina dorsal, las separó con una ligera incisión y luego las repasó hundiendo el cuchillo. La carne que entonces se abrió era muy roja. Cortó dos filetes largos, oscuros y sanguinolentos. También sus brazos estaban manchados de sangre, yo ya tenía suficiente y no me quedé a ver el resto de la carnicería. Solo vi, al final, el esqueleto de la gamuza pendiendo de la rama del árbol, ya reducido a poca cosa. Bruno lo quitó de ahí, tiró el montoncito de huesos a la piel que había en el suelo, la envolvió, hizo un nudo y la llevó al bosque para enterrarla o esconderla en algún agujero.

Pocas horas después le dije que me marchaba. En la mesa intenté retomar la conversación del día anterior, pero esta vez de forma más directa. Le pregunté qué pensaba hacer con Anita, en qué había quedado con Lara sobre la niña, y si tenía intención de ir a verlas en Navidad.

—En Navidad, no creo —dijo.

—¿Cuándo, entonces?

—No lo sé, a lo mejor en primavera.

—Ya, ¿o a lo mejor en verano?

—Oye, ¿qué diferencia hay? Es mejor que esté con su madre, ¿no? ¿O quieres que la traiga aquí para que haga esta vida conmigo?

Dijo «aquí» como lo había dicho siempre: como si a los pies de su valle hubiese una frontera invisible, una muralla levantada solo para él, una muralla que impedía la entrada al resto del mundo.

—A lo mejor podrías ir tú —dije—. A lo mejor eres tú el que debe cambiar de vida.

—¿Yo? —dijo Bruno—. Berio, ¿recuerdas quién soy?

Sí, lo recordaba. Era el pastor de vacas, el albañil, el montañés y, sobre todo, el hijo de su padre: igual que él, sencillamente desaparecería de la vida de su hija. Miré el plato que tenía delante. Bruno había preparado una exquisitez de cazadores, el corazón y los pulmones de la gamuza guisados con cebolla y vino, pero yo apenas los había probado.

—¿No comes? —me preguntó, desconsolado.

—Es demasiado fuerte para mí —respondí.

Aparté el plato y añadí:

—Hoy bajo. Tengo que poner en orden algunos asuntos de trabajo. A lo mejor vuelvo para despedirme antes de irme.

—Sí, claro —dijo Bruno sin mirarme.

Él tampoco se lo creía. Cogió mi plato, abrió la puerta y tiró fuera la comida que yo había dejado, para los cuervos y los zorros, que no tenían un estómago delicado como el mío.

En diciembre decidí ir a visitar a Lara. Fui a su valle un día que nevaba muy poco, al principio de la temporada de esquí. No era un paisaje muy diferente al de Grana y, mientras conducía, pensé que todas las montañas de algún modo se parecían, solo que aquí no había nada que tuviera que ver conmigo ni con ninguno de mis seres queridos, y eso sí marcaba una diferencia. La manera en que un lugar conserva tu historia. La manera en que la evocas cada vez que regresas. Solo podía haber una montaña así en la vida, y comparada con ella todas las otras no eran sino cumbres menores, aunque se tratara del Himalaya.

Había una pequeña estación de esquí en lo alto del valle. Dos o tres instalaciones en total, de las que con la crisis económica y los cambios climáticos sobrevivían cada vez con más esfuerzo. Lara trabajaba allí, en un restaurante de estilo alpino situado a la salida de los telesillas, un refugio tan falso como las pistas de esquí. Se acercó a abrazarme con un delantal de camarera y una sonrisa que no podía ocultar el cansancio. Lara era joven, tenía poco más de treinta años, pero desde hacía tiempo llevaba la vida de una mujer adulta, y eso se notaba. Había pocos esquiadores, así que le pidió permiso a su compañera y se sentó conmigo a la mesa.

Mientras hablábamos, me enseñó una fotografía de Anita: una niña rubia, delgada, risueña, abrazando un perro negro más grande que ella. Me contó que la había matriculado en el primer curso de preescolar. Había sido complicado convencerla de que se adaptase a algunas reglas, al principio había sido una especie de niña salvaje: se peleaba, se ponía a gritar o se sentaba en un rincón y ya no hablaba en todo el día. Pero ahora, poco a poco, parecía que se estaba civilizando. Lara se rio. Dijo:

—Pero lo que más le gusta es cuando la llevo a una granja. Allí sí que se siente en casa. Deja que los becerros le laman las manos, ya sabes, con esa lengua áspera que tienen, y no le da ningún miedo. Y también le gusta estar con las cabras, con los caballos. Le gustan todos los animales. Yo confío en que no cambie en eso, que no lo olvide nunca.

Calló para beber un sorbo de té. Vi que tenía rojos los dedos con los que sujetaba la taza y las uñas comidas. Miró alrededor y dijo:

—Trabajé en este restaurante cuando tenía dieciséis años, ¿sabes? Todo el invierno, los sábados y los domingos, mientras mis amigos se iban a esquiar. Qué asco.

—No es mal sitio —dije yo.

—Claro que es malo. Nunca pensé que fuera a volver. Pero ya sabes lo que se dice: a veces para seguir adelante hay que retroceder un paso. Siempre que tengas la humildad de aceptarlo.

Ahora estaba hablando de Bruno. Cuando tocamos el tema fue muy dura con él. Hacía dos o tres años, me contó, cuando era evidente que la empresa no saldría adelante, aún habrían podido encontrar una solución. Vender las vacas, alquilar la alzada, buscarse ambos un trabajo en el pueblo. A Bruno lo habrían contratado enseguida, como albañil o en una fábrica de quesos, o incluso en las pistas de esquí. Lara habría podido trabajar de dependienta o de camarera. Estaba dispuesta a eso, dispuesta a hacer una vida normal hasta que la situación mejorara. Pero Bruno no dio su brazo a torcer. En su cabeza no cabía ninguna alternativa. Hasta que, en un momento dado, Lara comprendió lo siguiente: que ella, Anita y lo que creyera haber construido con él eran mucho menos importantes para Bruno que su montaña, fuera lo que fuera realmente lo que significase. En el instante en que lo comprendió, para ella terminó su relación. A partir del día siguiente empezó a imaginarse un futuro lejos de él, con la niña y sin él.

Dijo:

—A veces el amor se agota poco a poco y a veces muere de golpe, ¿no es así?

—Verás, yo no sé nada del amor —respondí.

—Ah, claro, lo olvidaba.

—He ido a verlo. Está arriba, en la *barma*. Se ha quedado allí, no quiere bajar.

—Lo sé —dijo Lara—. El último montañés.

—No sé cómo ayudarlo.

—Olvídalo. No puedes ayudar a alguien que no quiere ayuda. Déjalo donde quiere estar.

Después de decir eso miró el reloj, cruzó una mirada con la compañera que estaba en la barra y se puso de pie para volver al trabajo. Lara, la camarera. Me acordé de cuando vigilaba a las vacas bajo la lluvia, altiva, inmóvil, con su paraguas negro.

—Saluda a Anita de mi parte —dije.

—Ven a verla antes de que tenga veinte años —dijo ella, y luego me abrazó con un poco más de fuerza que antes.

Había algo en ese abrazo que no habían tenido sus palabras. Una emoción, quizá, o una nostalgia. Me marché mientras los primeros esquiadores llegaban para la comida, con los cascos, los monos y las botas de plástico, como extraterrestres.

La nieve llegó de repente y en abundancia a finales de diciembre. El día de Navidad nevaba incluso en Milán. Después de comer me puse a mirar por la ventana, la avenida de mi infancia con escasos coches que pasaban vacilantes, alguno patinaba en el semáforo y se paraba en medio del cruce. Había niños haciendo bolas de nieve. Niños egipcios que quizá no la habían visto antes. En cuatro días un avión me llevaría de nuevo a Katmandú, pero ahora no estaba pensando en Nepal, estaba pensando en Bruno. Me parecía ser el único que sabía que él estaba en la montaña.

Mi madre se acercó a la ventana. Había invitado a comer a sus amigas que, en la mesa, un poco achispadas, esperaban el postre. Reinaba una simpática alegría en casa. Por el belén que preparaba cada año con el musgo que en verano recogía en Grana, por el mantel rojo, por el vino espumoso y por la compañía. Le envidié una vez más sus dotes para la amistad. No tenía la menor intención de envejecer sola y triste.

Dijo:

—Yo creo que debes volver a intentarlo.

—Lo sé —respondí—. Pero no sé si vale de algo.

Abrí la ventana y saqué una mano. Esperé que un copo de nieve me cayese en una palma: estaba húmedo y pesaba, se derretía enseguida al contacto con la piel, pero a saber cómo debía de estar dos mil metros más arriba.

Así, al día siguiente compré cadenas en la autopista y un par de raquetas de nieve en la primera tienda del valle, y me sumé a la fila de coches que subían desde Milán y

Turín. Casi todos llevaban esquís en la baca: después de inviernos de penuria, los esquiadores acudían a la montaña como a la reapertura de un parque de atracciones. Ni un solo coche doblaba en el cruce de Grana. Después de unas cuantas curvas ya no vi a nadie, luego, cuando la carretera dejó atrás la peña, entré de nuevo en mi viejo mundo.

Había nieve amontonada contra los establos y los heniles de troncos. Nieve en los tractores, en los tejados de los barracones, en las carretillas y en los montones de estiércol; nieve que cubría las ruinas y casi las ocultaba. En el pueblo alguien había despejado un caminito entre las casas, quizá los dos mismos hombres que vi quitando la nieve de un tejado. Levantaron la cabeza pero no se dignaron saludarme. Dejé el coche un poco más allá, donde el quitanieves se había detenido o quizá rendido, había dejado libre el espacio suficiente para dar la vuelta y se había marchado. Me puse los guantes porque hacía un tiempo que los dedos se me congelaban con facilidad. Fijé las raquetas a las botas, trepé por el muro de nieve dura que cerraba el camino y, cuando lo sobrepasé, estaba en la nieve fresca.

Tardé más de cuatro horas en recorrer un sendero que, en verano, recorría en menos de dos. Incluso con las raquetas me hundía casi hasta las rodillas. Avanzaba de memoria, intuyendo la dirección por las formas de las cimas y de las pendientes, por el paisaje más claro entre los abetos blancos, sin rastro que seguir ni mis puntos de referencia sobre el terreno. La nieve había cubierto los restos del teleférico, los muretes desmoronados, los montones de piedras entre los pastizales, los troncos de los alerces seculares. Del torrente no quedaba más que una depresión entre los dos suaves salientes de las orillas: lo crucé de un salto en la nieve fresca y caí con los brazos hacia delante sin hacerme daño. Al otro lado la pendiente era más acusada y cada tres o cuatro pasos me resbalaba, provocando una pequeña avalancha. Entonces tenía que valerme también de las manos, colocar las raquetas como si fuesen crampones e intentarlo con más decisión. En la alzada de Bruno pude darme cuenta de la cantidad de nieve que había: de las ventanas del establo solo se veía la mitad superior. Pero la fuerza del viento había barrido el camino que subía, formando un pasadizo donde me detuve a recuperar el aliento. En ese breve tramo la hierba estaba seca y muerta, gris como los muros de piedra. No había luz ni ningún color aparte del blanco, el gris y el negro, y seguía nevando.

Cuando llegué arriba descubrí que el lago había desaparecido al igual que todo lo demás. No era sino una cuenca nevada, una extensión blanda a los pies de la montaña. Así, por primera vez en todos esos años, en vez de bordearlo, lo crucé en dirección a la *barma*. Me causaba una rara sensación andar por toda aquella agua. Había llegado casi al centro, cuando oí que me llamaban.

—¡Eh! —oí—. ¡Berio!

Levanté la vista y vi a Bruno en la parte alta de la pendiente, un cuerpo diminuto más allá de los árboles. Movió los brazos y en cuanto también lo saludé se lanzó cuesta abajo, instante en el que me di cuenta de que llevaba esquís. Bajaba de través, con las piernas abiertas, sin ningún estilo, como hacía en verano en los neveros. Iba también con los brazos estirados hacia los lados y el busto inclinado, en precario equilibrio. Pero vi que cuando llegaba al primer alerce se echaba hacia un costado y viraba con decisión, que evitaba el bosque y ascendía hasta el barranco principal del Grenon, donde se detuvo. En verano, en ese barranco corría un pequeño torrente, pero ahora era un ancho tobogán repleto de nieve que descendía recto y sin obstáculos hasta el lago. Bruno calculó la pendiente del tramo que le quedaba, luego apuntó los esquís hacia mí y reanudó la carrera con decisión. En el barranco enseguida cobró gran velocidad. Ignoro qué le habría ocurrido si se hubiese tropezado y caído justo ahí, pero llegó a la cuenca y poco después aminoró la marcha en la nieve lisa y llegó hasta donde yo estaba impulsado por la inercia. Sudaba y sonreía.

—¿Te has fijado? —dijo jadeando. Levantó un esquí que podía tener treinta o cuarenta años, parecía un resto de la guerra. Dijo—: He bajado por una pala y los he encontrado en la bodega de mi tío. Llevaba toda la vida viéndolos, ni siquiera sé de quién eran.

—Pero ¿has aprendido ahora?

—Hace una semana. ¿Sabes qué es lo más difícil? Nunca debes mirar un árbol cuando lo tienes delante porque, como lo hagas, te estampas.

—Estás loco —dije.

Bruno se rio y me dio una palmada en un hombro. Tenía la barba larga y gris, y los ojos le brillaban por la euforia. Debía de haber perdido peso, pues me pareció que tenía los rasgos todavía más marcados.

—Ah, feliz Navidad —dijo, y luego, como si nos hubiésemos encontrado por casualidad mientras yo pasaba por ahí y tuviésemos que brindar por ese golpe de suerte—: Ven, ven.

Se quitó los esquís, se los puso al hombro y me abrió camino por la pendiente, a lo largo de un surco que debía de haber hecho durante sus pruebas de esquiador.

Nuestra casita en la roca me dio casi pena cuando la vi rodeada de muros de nieve tan altos como ella. Bruno había quitado la nieve del tejado y cavado una trinchera en todo el contorno que se ensanchaba delante de la puerta. Tuve la sensación de que entraba en una madriguera. La encontré cálida, acogedora, más llena y desordenada de lo habitual. Ahora la ventana estaba cubierta, no se veía nada aparte de las capas de blanco que había tras el cristal y, cuando aún no había tenido tiempo de aligerarme de ropa y sentarme a la mesa, algo cayó en las tablas del tejado, que sonó como un batacazo. Instintivamente miré hacia arriba, por miedo a que el techo se me cayese encima.

Bruno se echó a reír. Dijo:

—¿Fijaste bien las vigas la otra vez? Ahora veremos si el tejado aguanta, ¿eh?

Los batacazos no paraban de sonar, pero él no les prestaba la menor atención. Cuando yo también me acostumbré, empecé a reparar en los cambios de la habitación. Bruno había puesto más clavos en las paredes y más repisas, que había llenado con sus libros, su ropa, sus herramientas, dándole a la casa un aspecto que nunca había tenido conmigo, el de un lugar habitado.

Sirvió dos vasos de vino. Me dijo:

—Tengo que pedirte perdón. Lamento que la otra vez las cosas fueran así. Me alegra que hayas vuelto, ya no me lo esperaba. Seguimos siendo amigos, ¿verdad?

—Claro —dije yo.

Mientras empezaba a relajarme, atizó el fuego de la estufa. Salió con el caldero y lo trajo lleno de nieve, que dejó que se disolviera para preparar polenta. Me preguntó si me apetecía un poco de carne para cenar, le contesté que después de tanto trote era capaz de comer cualquier cosa. Entonces sacó unos trozos de gamuza que conservaba en sal, los limpió bien y los puso en una cacerola con mantequilla y vino. Cuando el agua del caldero hirvió, echó unos puñados de harina amarilla. Sacó otra botella de vino tinto de aperitivo mientras esperábamos y, después de los dos primeros vasos, mientras por la casa se difundía el intenso olor de la caza, comencé a sentirme a gusto.

Bruno dijo:

—Estaba enfadado. Y todavía me enfadaba más no poder enfadarme con nadie. El hecho es que el que se ha equivocado soy yo, nadie me ha engañado. ¿Cómo se me pudo ocurrir ser empresario? Si no sé nada de dinero. Tendría que haber arreglado una casita como esta, traer cuatro vacas y vivir así desde el principio.

Me quedé escuchándolo. Comprendí que había reflexionado mucho y que había encontrado las respuestas que buscaba. Dijo:

—Uno debe hacer lo que la vida le ha enseñado a hacer. Quién sabe, a lo mejor cuando eres muy joven aún puedes elegir otro camino. Pero en un momento dado tienes que parar y decir: vale, esto lo puedo hacer, esto no. Así que me he preguntado: ¿y yo? Yo puedo vivir en la montaña. Me vine aquí solo, y me las arreglo. No es poco, ¿no te parece? Pero se ve que tenía que llegar a los cuarenta años para descubrir que valía para algo.

Estaba agotado y el calor del vino me estaba sentando muy bien, y, aunque no lo habría reconocido, me gustaba oírlo hablar así. Había algo terminante, en Bruno, que siempre me había fascinado. Algo íntegro y puro que admiraba en él desde que éramos niños. Y ahora, en la casita que habíamos construido, estaba casi dispuesto a creer que tenía razón: que la manera adecuada de vivir para él era esa, solo, en pleno invierno, sin nada aparte de un poco de comida, sus manos y sus pensamientos, algo que habría sido inhumano para cualquier otro.

La montaña me sacó de esa fantasía. Más tarde, mientras cenábamos, oí un ruido diferente de los habituales batacazos en el tejado. Comenzó como el estruendo de un avión o como un temporal lejano, pero enseguida sonó cerca, ensordecedor, un estrépito que hizo temblar los vasos que había en la mesa. Bruno y yo nos miramos y en ese momento me di cuenta de que no estaba más preparado que yo, que no estaba menos aterrorizado. Al estruendo se sumó otro ruido, el de un estallido, de cosas chocando, y enseguida el fragor bajó de intensidad. Comprendimos entonces que el alud no nos arrastraría. Había pasado cerca, pero en otro sitio. Cayó más material, se oyó alguna descarga más débil, luego el silencio volvió tan rápidamente como se había roto. Una vez que todo se calmó, salimos para tratar de averiguar algo, pero ya era de noche, no había luna, no había nada que ver salvo la oscuridad. De nuevo en la casa, a Bruno ya no le apetecía hablar ni a mí tampoco. Nos fuimos a dormir, pero una hora después oí que se levantaba, que metía leña en la estufa y que se servía vino.

Por la mañana, al salir del agujero, nos encontramos en la luz que sigue a las largas nevadas. Detrás de nosotros resplandecía el sol y la montaña de enfrente tapaba la cuenca. Enseguida vimos qué había ocurrido: el barranco principal del Grenon, del que Bruno había descendido pocas horas antes, había descargado una avalancha desde trescientos o cuatrocientos metros más arriba, el punto más inclinado de la pendiente. En su caída, la nieve había hollado el terreno, hasta el punto de desnudar la roca que había debajo y arrastrar consigo tierra y grava. Ahora el barranco parecía una herida oscura. En la cuenca, tras quinientos metros de caída, el alud debería de haber llegado con tanta fuerza que había hundido el hielo del lago. Ese era el segundo ruido que habíamos oído. Ahora en la base del barranco ya no había una extensión blanda, sino un montón de nieve sucia y bloques de hielo, semejantes a bloques de serac. Los cuervos de la alta montaña daban vueltas alrededor y se posaban. No podía entender qué los atraía. Era un espectáculo terrible y fascinante, y no necesitamos decirnos nada para bajar a mirar de cerca.

Las presas que los cuervos se estaban repartiendo eran peces muertos. Pequeñas truchas plateadas sorprendidas en pleno letargo invernal, sacadas del agua oscura y densa en la que dormían y arrojadas a un lecho de nieve. A saber si les había dado tiempo de darse cuenta de algo. Debió de ser como una bomba: a través de los témpanos vueltos y rotos vi que el hielo del lago tenía un espesor de más de medio metro. Debajo, el agua ya se estaba helando de nuevo. Pero la capa aún era fina, transparente, oscura, parecida al hielo que había visto en otoño. Unos cuervos se disputaban una trucha allí cerca y en ese momento su voracidad me pareció insoportable, así que me desplacé dos pasos, di una patada y los espanté. En la nieve ya solo quedaba un amasijo rosado.

—Sepultura celestial —dijo Bruno.

—¿Habías visto algo semejante? —pregunté.

—No, yo no —respondió.

Parecía asombrado.

Oí aproximarse un helicóptero. Esa mañana no había una nube en el cielo. Al empezar a calentar el sol, de cada saliente del Grenon cayeron cornisas de nieve, y de cada despeñadero se desprendieron pequeños aludes. Era como si la montaña empezase a liberarse de aquella larga nevada. El helicóptero pasó volando por encima de nuestras cabezas, no nos vio y siguió su camino, y entonces recordé que nos encontrábamos a apenas unos kilómetros de las pistas del Monte Rosa, el 27 de diciembre, en una mañana soleada y de nieve fresca. Era una mañana perfecta para esquiar. Puede que desde arriba estuviesen vigilando el tráfico. Me imaginé las colas de coches, los aparcamientos repletos, los remontes dando vueltas sin parar. Y, justo detrás de una cima, en el lado de sombra, dos hombres junto a un alud, entre peces muertos.

—Me marcho —dije por segunda vez en pocas semanas.

En dos ocasiones lo había intentado y en dos ocasiones había renunciado.

—Sí, me parece bien —dijo Bruno.

—Tendrías que bajar conmigo.

—¿Otra vez?

Lo miré. Había pensado en algo que lo hizo sonreír. Dijo:

—¿Desde cuándo somos amigos?

—Creo que el próximo año se cumplen treinta años —respondí.

—¿Y llevas treinta años intentando hacerme bajar de aquí? —Luego añadió—: No te preocupes por mí. Esta montaña nunca me ha hecho daño.

Recuerdo poco más de aquella mañana. Estaba turbado y demasiado triste para pensar con lucidez. Recuerdo que no veía la hora de dejar el lago y el alud, pero que más tarde, en el cañón, empecé a disfrutar del descenso. Encontré mi rastro del día anterior y descubrí que con las raquetas podía bajar dando largos saltos incluso en los tramos más escarpados, gracias a que la nieve me sujetaba. Es más: cuanto más escarpada era la pendiente, más me podía soltar y dejarme caer. Solo paré una vez, al cruzar el torrente, pues había pensado en algo y quería comprobar si era cierto. Bajé por entre las dos orillas nevadas e hice un agujero en la nieve con los guantes. Un poco debajo encontré hielo, un hielo fino y transparente que rompí sin esfuerzo. Descubrí que esa costra protegía un hilo de agua. No se veía ni se oía desde el sendero, pero seguía siendo mi torrente fluyendo bajo la nieve.

En los Alpes Occidentales, el invierno de 2014 fue uno de los más nevosos del último medio siglo. En las altas estaciones de esquí se midieron tres metros de nieve a finales de diciembre, seis a finales de enero, ocho a finales de febrero. Desde Nepal, cuando leí esos datos, no podía imaginarme qué aspecto tenían ocho metros de nieve en la alta montaña. Bastaban para sepultar los bosques. Eran muchos más de los que sepultarían una casa.

Un día de marzo Lara me escribió pidiéndome que llamara por teléfono en cuanto pudiese. Luego, al teléfono, me dijo que Bruno había desaparecido. Sus primos habían subido para ver si estaba bien, pero hacía mucho tiempo que en la *barma* nadie había quitado la nieve y ahora la casita estaba completamente cubierta, y tampoco la pared rocosa se distinguía bien. Los primos pidieron ayuda y un equipo de socorro trasladado por el helicóptero cavó hasta llegar al tejado. Hicieron un agujero en los tablones temiéndose, como a veces ocurría con los viejos montañeros, encontrar a Bruno en su cama, víctima de una indisposición y muerto congelado. Pero en la casa no había nadie. Ni tampoco, después de las últimas nevadas, se veían rastros de nadie fuera. Lara me preguntó si se me ocurría algo, ya que era el último que lo había visto, y yo le dije que mirasen si en el sótano estaban los viejos esquís. No, tampoco estaban los esquís.

El socorro alpino comenzó a peinar la zona con perros; así, durante una semana, la estuve llamando a diario para tener noticias, pero había demasiada nieve en el Grenon y con la primavera llegaba la peor temporada de aludes. En marzo, los Alpes sufrieron avalanchas en abundancia: y, después de todos los accidentes que hubo ese invierno, en los que hubo veintidós muertos en las laderas italianas, nadie se interesó mucho más por un montañero perdido en un cañón que había sobre su casa. Así las cosas, ni a Lara ni a mí nos pareció importante insistir en que siguieran buscando. Ya encontrarían a Bruno con el deshielo. Aparecería en algún barranco en pleno verano, y los primeros en descubrirlo serían los cuervos.

—¿Tú crees que era lo que quería? —me preguntó Lara por teléfono.

—No, no lo creo —mentí.

—Tú lo entendías, ¿verdad? Vosotros os entendíais.

—Eso espero.

—Porque hay veces que tengo la sensación de que nunca lo conocí.

Entonces, me pregunté, ¿quién lo conoció aparte de mí en la tierra? ¿Y quién me ha conocido aparte de Bruno? Si lo que compartimos no lo conocía nadie, ¿qué quedaba ahora que uno de los dos ya no estaba?

Cuando pasaron esos días la ciudad me resultó insoportable y decidí ir a dar una vuelta por la montaña. La primavera en el Himalaya es una estación maravillosa: el verde de los arrozales domina los costados de los valles, un poco más arriba florecen los bosques de rododendros. Pero no quería volver a ningún lugar conocido ni remontar el curso de ningún recuerdo, así que elegí una zona en la que no había estado nunca, compré un mapa y emprendí la marcha. Hacía mucho que no sentía la libertad y la dicha de la exploración. Dejé el sendero, subí por una pendiente y llegué a una cima solo por la curiosidad de descubrir qué había al otro lado y de parar sin haberlo previsto en una aldea de mi agrado y pasar toda una tarde entre las charcas de un torrente. Esa era la forma en que Bruno y yo íbamos a la montaña. Pensé que esa sería, en los años futuros, mi manera de guardar nuestro secreto. Recordaba en cambio que, en la *barma*, había una casa con un agujero en el tejado, lo que no le permitiría sobrevivir mucho tiempo, pero también creía que ya no servía para nada, y la veía como algo lejano.

De mi padre había aprendido, mucho tiempo después de que dejara de acompañarlo por los senderos, que en algunas vidas hay montañas a las que no se puede volver. Que en las vidas como la mía y la suya no se puede regresar a la montaña que está en el centro de todas las otras y en el centro de tu propia historia. Y que no pueden sino deambular por las ocho montañas quienes, como nosotros, en la primera y más alta han perdido a un amigo.